J. M. G. Le Clézio

Bitna, sous le ciel de Séoul

在首尔的天空下

[法] 勒克莱齐奥 —— 著

安宁 —— 译

著作权合同登记号　图字 01-2022-3710

J. M. G. Le Clézio
Bitna, sous le ciel de Séoul
© Editions Stock, 2018

图书在版编目（ＣＩＰ）数据

在首尔的天空下 /（法）勒克莱齐奥著；安宁译. -- 北京：人民文学出版社，2022（2025.3 重印）
（勒克莱齐奥作品系列）
ISBN 978-7-02-017411-9

Ⅰ.①在… Ⅱ.①勒…②安… Ⅲ.①长篇小说－法国－现代 Ⅳ.①I565.45

中国版本图书馆 CIP 数据核字 (2022) 第 153919 号

责任编辑	卜艳冰　何炜宏
封面设计	李苗苗

出版发行	人民文学出版社
社　　址	北京市朝内大街 166 号
邮　　编	100705
印　　刷	凸版艺彩（东莞）印刷有限公司
经　　销	全国新华书店等
字　　数	95 千字
开　　本	889 毫米 ×1194 毫米　1/32
印　　张	5.125　插页 5
版　　次	2022 年 10 月北京第 1 版
印　　次	2025 年 3 月第 2 次印刷
书　　号	978-7-02-017411-9
定　　价	69.00 元

如有印装质量问题，请与本社图书销售中心调换。电话：010-65233595

总有一天，我们会重逢在首尔的天空下。

——首尔谚语

我叫辰辉。快满十八岁了。我不能撒谎，因为我有着一双浅色的眼睛，任何谎言都能立刻从我眼中被发现。我的头发也是浅色的，有人以为是染的，但其实我一生下来就是这样，长着玉米黄色的头发，因为我外婆和妈妈在战后营养不良。我生在南部全罗道的一个鱼贩家庭。我父母并不富裕，但我中学毕业后，他们想要让我得到最好的教育，于是他们找了一所天空大学①，又贷了一笔款。住宿方面，一开始没有什么问题，因为我大姑同意让我住在她位于延世区的小公寓里，公寓就在我的大学旁边，我跟她女儿共用一间寝室，她女儿叫白花，但这个纯洁的名字实在不适合她。我提到这些细节，因为正是这一生活状况和居住条件导致了我后来的那些奇遇，并与学校课程一同完成了我的教育，因为在这个狭

---

① 天空大学（SKY University），SKY 是韩国首尔大学（Seoul National University）、高丽大学（Korea University）和延世大学（Yonsei University）三所著名大学的简称。

小的卧室里,我开始认识到人性可以隐藏的恶意、嫉妒、卑劣和懒惰。

白花比我小几岁,很快我便意识到他们允许我住在这个家里其实是为了让我照顾她。一开始只是一些请求,"辰辉,你是个懂事的孩子,你能不能招呼你妹妹,让她把作业做了(或让她把房间收拾了,或让她帮忙做做家务,或让她完成祷告,或让她把自己的内衣洗了,等等)",然后,渐渐的,建议变成了更加严厉的劝诫("你总该知道自己要做出榜样的吧"),最后就是纯粹的命令了:"辰辉!我怎么跟你说的?快去把你妹妹接回来,把她的午餐做好!"

这一状况很快就变得令人难以忍受。白花谁的话也不听。这个十四岁的女孩只对她自己感兴趣,她对着一面具有放大功能的小镜子一照就是几个小时,好战胜皮肤上的各种瑕疵、红斑和粉刺,她用棉签将粉刺里的脓挤出,然后用酒精湿巾擦拭这些创口,接着用一层遮瑕霜遮住伤痕,最后再涂上粉底。她已俨然变成一个美容医学的专家了!

对她提出各种劝告就是一场无休止的战争和连绵不绝的老生常谈,而这些最终总是以喊叫和哭泣收场,要不就是脾气发作,这时白花会往我头上丢来她伸手可及的任何东西,有时朝窗子掷去,盘子、玻璃杯,甚至刀子,我不敢看楼下是否有死人。事后我得收拾残局，还得承受大姑的责骂，"你这个白眼狼，我们为你做了这么多，援助你的生活，如果不是我，你只能在街上要饭，或者回到全罗道那边，找你那些渔民去，在市场上做刮鱼鳞、清鱼肚子的工作"。对此，我能回答什么呢?

正是在那个时期我开始在城里游逛。大学的课程只占用我一部分时间。我用余下的时间漫步街头，或搭乘公交车和地铁去更远的地方。一开始，我穿行在街道上只是为了忘记家里的那些烦恼，与白花合住卧室的肮脏和大姑没完没了的责备。我一走出那间公寓，关上铁门，走下通往街道的陡峭阶梯，就立刻感到如释重负，可以自由地呼吸，腿上随即充满能量，我露出微笑。

街道，是我的历险。我那个位于全罗道的小城镇，日常生活十分平淡。城镇中心只有一两条街，街上有几家商店，大部分是食品店，还有几家饭馆，所有生气在下午五点便偃旗息鼓，一天中最重要的活动都集中在清晨，这时几辆拖拉机拉着满载白菜和洋葱的拖车赶来。我们每年的生活围绕着三个节日，中秋节、新年和大家都忙着去扫墓的清明节。来到首尔时，我仿佛进入了一个全新的世界。所有街区周围都环绕着宽阔的大道，大道上汽车和公交车来来往往，川流不息。便道上的人群密密匝匝，我不得不学着如何走路才不会撞到反向走来的人，这意味着，鉴于我的身形（我身高一米五十六，体重四十三公斤）我还是得蹦跳着才能避开这些行人，偶尔还得走下便道。一开始，我曾陪大姑去买菜，白花也跟着一起去。她们二人所具有的自信令我惊叹。她们从不离开便道，与此相反，她俩手挽手紧紧靠在一起组成一堵墙，目不斜视地前进。这简直就是坦克招数！而我则小心地跟随在后面，在她们的尾流中。我直视每个行人的眼睛，但这并不符合规矩。甚至最早的时候，我还曾问候街上遇到的行人，特别是老人，直到大姑对我嚷道："辰辉，你怎么对谁都笑啊？你想让人把你当残疾人啊？"白花嘲讽道："她是个乡下人，没进过城！"

正是在来到首尔的第一年中我养成了趁人不注意观察他们的习惯。这并不总是件容易的事。你得找个合适的观察位置，不能太远，也不能太近。地铁上，可以看到车窗玻璃中反射的人影，但常常不大清晰，而且，人们很快就会发现你，因为他们会转向玻璃，并看到你的影像。公交车相对好些，因为有日光，你可以透过窗玻璃观察外面。对于在小轿车内的人，因为公交车更高，你便可以居高临下，公交车停下或沿着便道缓慢行驶，你就有时间仔细观察路上的人，想象他们身上发生的各种各样的事。他们从哪里来，他们的职业，他们的烦恼，他们的感情问题，他们的经济困难，又或者他们过去的经历，他们的回忆，他们的家庭，他们的忧愁。

那时我有个小记事本，我在上面记下我所看到的一切，包括对人物简单的描写：

一位五十岁上下的妇人。穿着一件稍显陈旧的黑色大衣，低跟鞋，提着一只带有两个金环提手的人造革女士提包，她梳着一头灰色的小鬈发，嘴唇周围有皱纹。她住在江南区①的一栋大楼里，离了婚的她有一间狭小的公寓，她很想养条狗，但楼里的规定不允许。她叫罗美淑。在一家银行的玻璃窗口后面工作了一辈子，数钞票，做转账业务。她在达到退休年龄前就辞了职。她甚至想过自杀，但没有足够的勇气。

公交车启动的一刻，她与我目光相遇，她看上去吃了一惊，马上掉转目光，随后不久，当公交车缓慢前进，我回首望去，她朝我莞尔一笑。

一个女青年，孤零零站在便道边上，旁边没有公交车站，她似乎在等人，她的男朋友要开车来接她，他已经迟到很长时间了，在她眉间显出一条不耐烦的皱纹。她觉得自己应该离去，但她的双脚好像钉在了地上，让她动弹不得，就像在噩梦里一样……我想叫她高恩芝小姐，我觉得这个名字

---

① 江南区是首尔的一个行政区，位于汉江以南，是首尔的重要商业地带。

很适合她。也许明天如果我还乘坐这辆车，660路，她还会在那个地方待着。她男朋友决定跟她分手，不再接听她的电话，但她不敢去他家找他，因为他是个有妇之夫。

一位老婆婆，应该是南方来的，我认得出她被太阳晒黑的脸，田间劳作将她的背压弯了，她到这里来陪她女儿和外孙女上医院，她怕赴约迟到，朝公交车急匆匆跑去，接着又后退几步，她的眼睛很小，脸颊上有鱼尾纹，鼻梁上有一颗痣。她女儿叫尹珍，与一个检票员结婚三年了，她的外孙女叫尹佳，她为她选了个与女儿相似的名字，尽管通常只有姐妹间才会这样。外孙女还有个教名，玛利亚，因为检票员是基督徒。

我将这些名字和地点一一记录，仿佛我会再次见到他们，但我很清楚我不会再见到他们了，这座城市如此之大，就算在这里步行一百万天也很难重复见到同一个人，尽管有句谚语：**总有一天，我们会重逢在首尔的天空下。**

随后我找到了一个观察别人的绝佳地点。那就是钟路区的那家大书店，我每天上完课就乘地铁到那个摆满书籍的地下室去。对我来说，可以接触到这么多书真是难以置信，因为在我全罗道的那个家，由于没有钱买书，我只能从学校借到一些覆盖着好几代借阅学生涂鸦和油污的又脏又破的书。发现了这个别样的世界，我便从此一发不可收。每天放了学我便直奔书店，找个角落坐下，看书、看人。我很快就爱上外文书籍的分类书架。总是信手从书架上取出几本，然后开始阅读。我看了狄更斯的小说，很喜欢其中的一部《炉边蟋蟀》。当我翻开书，周围的一切便消失了，我听到炉火上大铁锅奏响的乐声和炉灰中蟋蟀在某个看不见的地方发出的哨鸣，我想象自己置身于这间大卧室的火边，听着查尔斯·狄更斯给我讲这个故事，他说着英语的嗓音为我一个人娓娓道来。又或者是玛佐·德·拉罗什的那些小说，比如《扎尔纳的诞生》，还有玛格丽特·米切尔的《飘》，后来我发现了埃德加·爱伦·坡的短篇小说系列，我读了《黑猫》《椭圆形画像》，我沉醉在那些词语之中，总是忘记时间。我也看法文书，因为两年以前我就决定学习这种温柔悦耳的语言。那里只有几部法语诗集，其中有我非常喜欢的雅克·普雷维尔的诗。

　　有时，一个男青年走过来，坐在我旁边，看我看书，他目不转睛地盯着我，令我不得不将目光从书上移开。"对不起，"他说，"书店五分钟后就要关门了。"我很难为情，红着脸想找个借口："对不起，我不知道该买哪一本。"他礼貌地低下头，仿佛并不在乎。"不用，不用，你不用马上决定，可以明天再来。"他个子不太高，有着一双漂亮的杏仁形黑眼睛，精细的鼻子，我想有一天也可以将他加入到我喜爱的人物中来。我立刻给他找到了一个名字，我叫他朴先生。

正是在这家书店，我真正开始观察别人。公交车、地铁，或者便道都不太理想，因为人们总是不停地活动，快速行走，跑着经过。要不就是与此相反，他们停下来将我变成了观察对象，而这对我来说却是最糟糕的，因为其实我所希望的是让自己隐身，可以不被人察觉地观察对方。

然而，有一天，我的生活因某件事发生了改变。当我将一本看过的书放回书架上时，朴先生找到了我。

"来，"他对我说，"我有件东西要给你看。"

我不知道他要干什么，但还是顺从地跟着他。或许我在那一刻想象他是要请我在书店工作，那是我的梦想，因为我很爱读书，又很需要钱。我大姑那会儿动不动就对我说"你用去我们很多钱，得想个办法支付你的学费和住宿费"。我表妹知道了，愈发变本加厉，她常常故意把卧室弄得乱七八糟，好开心地看着我不得不跟在后面整理。

朴先生打开他办公桌的抽屉，取出一封信给我看。信里的字是用打字机打的，内容是这样写的：

我叫金世莉，但我更喜欢叫莎乐美，因为患病我不能走出家门。我等待一个人给我讲讲这个世界，我非常喜欢故事。这是一则真诚的启事，我将为讲故事的人支付优厚的薪酬。

后面是一个电话号码。

朴先生把信递给我，我不由自主地接了过来，把信折叠起来塞进盛满书本和英语笔记本的书包里。有好几天我都没有再去想它，随后我又找出了那封信，拿起电话，打给了莎乐美。

第一个故事
二〇一六年四月讲给莎乐美

春天,当树枝上拱出嫩芽,风传播着对花儿的渴望,赵汉秀将装着鸽子的笼子拎上楼顶。赵先生有这样的权利是因为他是大楼的门房,只有他有楼顶天台门的钥匙。这是八十年代的一栋很高的建筑,它所在的小区(不知为何,可能是因为任何财富和幸运的希望对这个小区都遥不可及)叫做 Good Luck!(英语的好运,后面还带着叹号)。小区没有任何特色,数千扇窗子一般无二,数百个小阳台上晾着住户的衣服,等着让穿透封闭玻璃的苍白阳光晒干。赵先生的大楼带着一个编号,19号,侧面墙上用黑漆标注。它是第19号,因为还有另外十八栋类似的大楼,19号是最好的一栋,它坐落在龙山区的山丘顶部。

当他来到二十层的楼顶上,赵先生环顾他周围的这座城市,一根根竖立在雾霭中的高大水泥棒。春天的艳阳已有几分炽热,笼子里的鸽子被暖风和周围所有松枝升腾的气味撩拨得兴奋起来。它们咕咕叫着,在笼子里相互挤碰着,抻着脖子想看看外面,它们忘了钉在笼子侧面的栅栏网格。有人说:"鸽子是自然界最蠢的动物!"为了支持这一说法,他们会提到这些鸟试图从一个小到只能让它们的喙部穿过一半的小孔钻出去。"您知道它们的脑子有多大吗?"他们说。有什么可争论的呢?赵先生有一两次曾试图反驳:"可它们会飞,您想象一下飞翔是什么,总不会跟开汽车或者玩数独游戏是一回事吧?"包括附近的邻居、楼里的住户,甚至别的大楼门房在内的所有人,都知道赵先生对自己鸽子的痴迷。

整个冬天,鸽子们和赵先生都在休息,它们处于某种倦怠嗜睡的状态。赵先生与 Good Luck! 的主管达成协议。作为大楼的看门人,他不拿工资,作为补偿,他有权将他的信鸽留在身边,并带到楼顶的平台上,让它们透透风。"但您得保证不能让鸽子把地方弄脏了,您也不能把它们带进电梯!"赵先生同意了。主管当然是帮了他一个忙,但这也是因为赵先生原来是名警察,楼里有一位警察毕竟是有用的。赵先生在19号楼已经当了五年的门房了,但他以前住在乡下,在与朝鲜交界的江华岛的一个村庄生活。他在这个村庄长大,他母亲曾穿过交战区,逃到这个岛上避难。她在这里定居,先是在农场帮工,靠种植洋葱和土豆为生,随后又嫁给了农场主。赵先生童年时期,战争已经结束,但尚且不是真正的和平。士兵随处可见，公路上开过的只有坦克和军用卡车，离那里不远还有一个美军基地。他对母亲的家乡、他的外公外婆、他父亲的了解仅限于一个名字——开城。赵先生的母亲有时对他讲起他的外公，那是一个很英俊、皮肤黝黑、头发浓密的男人，一名盘索里①演唱者。他也是个农场主，从他妻子娘家继承了一片梨园。一个富有的人，他母亲说，独断的同时也很慷慨。他战后怎么样了？然而他很久以前就死了，时至今日边境这一侧已经没人记得这个人了，除了他，赵先生，因为他细心倾听了他母亲给他讲的所有事，而当她也去世时，她将这些回忆也都带走了。对鸽子的爱，赵先生就是从她那里继承来的。当母亲穿越三八线时，她带了她父亲喂养的一对雌雄信鸽，她将鸽子与自己的儿子一同背在背上，装在一只打了孔的小口袋里，好让它们能够呼吸。她将它们带过来，为的是有一天它们飞回家乡，把他们的消息带给留在另一侧的家人。但时间流逝，赵先生的母亲却始终没有勇气将它们放飞到那边，它们在边界的这一侧生活，衰老，并最终死去。但与此同时，这对鸽子也生下了很多孩子，赵先生饲养的便是它们，为的是有一天，或许，它们能够完成这项使命。他从没对任何人说起这件事，谁会相信鸟的第三代或第四代还能保留家乡的记忆呢？

① 盘索里是一种朝鲜传统曲艺形式，表演时一人坐着击鼓，一人站着说唱。

清晨，对鸽子来说没有比这更好的时间。赵先生将五只笼子一只接一只地送上了天台，每只笼子里装着两对鸽子夫妇，每对鸽子之间用一块硬纸板隔开。鸽子夫妇有同一个姓，有点儿像一个人类家庭的姓氏，它们夫妻俩也有各自的名字。这看上去似乎是很无聊的事。赵先生的邻居，李太太，有一天对此评论道："您为什么给这些鸟起名字？鸽子能知道自己的名字吗？又不是狗！"赵先生带着谴责的目光看着她："可是李太太，它们都知道自己的名字。如果您想听听我的看法的话，它们比您的狗要聪明得多。"李太太无法接受。她喜欢辩论，而且很高兴赵先生终于肯开口了。"我很久没听过这么荒谬的话了，"她说，"您的鸽子哪点儿比我的狗强呢？"——"它们会飞，李太太。"赵先生答道，而这个不容置疑的回答立刻让她闭了嘴。过了一段时间她想："我应该对他说会飞不见得聪明，而且，如果'青蛙'（她的狗的名字，因为它短小的四肢支撑着短小圆胖的身体，叫声也更接近蛙鸣）有翅膀的话，它也能飞起来。"

于是，这个春天的早上，赵先生将五只鸽子笼带上了天台。他没有搭乘电梯，因为作为门房，他遵守与Good Luck！主管定下的协议，不把鸽子带入电梯轿厢。否则，某个不怀好意的住户可能会以对鸟毛过敏为由向拥有楼房产权的那家银行举报，后者将向他发出惩戒，并可能进而演变成邻里矛盾，而赵先生不喜欢跟人闹矛盾。

赵先生气喘吁吁地来到天台，爬了五次二十层楼。他算了一下，每趟大约是四百级台阶，也就是说，他一共爬了两千级台阶。赵先生已经不年轻了。在警察局工作了三十年后，他已经过了退休年龄，从自己的双腿和肺部他意识到他已经不是二十岁的他了，甚至也不是三十五岁的他了。于是，一上到天台，他就让自己歇会儿，坐在通风口的矮烟囱上，眺望从晨雾中缓缓浮现的城市景观。再过一会儿，他将清楚地看到南山和N首尔塔的塔尖，在它们后面，那条闪亮巨蟒般的汉江，以及更远处，江南区那些摩天楼的轮廓和高速公路蜿蜒的丝带。这是一个春天的周日，时候尚早，城市的喧嚣被淡化了，仿佛所有人都屏住呼吸等待着接下来要发生的事情。

是时候了。鸽子越来越不耐烦，它们在狭小的笼子隔间里转着圈，试着扇动翅膀，而飞羽发出的呼啸声令它们显得更加焦急。这一切赵先生能从自己的身上感觉到，仿佛有电流穿过他的四肢，在指尖加剧，令他手背上细微的汗毛竖起。他面对笼子蹲下，对着鸟儿说话，他慢慢地、一个接一个地叫出它们的名字：

狐狸，还有你小子，燕雀

蓝蓝，还有你，画眉

火箭，白箭

光，月

苍蝇，知了

旅行者，总统

杂技演员，小灰

钻石，黑龙

歌女，国王

舞女，军刀

  他喜欢将脸靠近笼子叫它们的名字，而被叫到的鸽子也一只接一只停止了玩耍，将头向后仰，用黄色的眼睛看着他。对赵先生来说，这就好像他听到了一句悄悄话，一句道谢，同时也是一个承诺。一个什么承诺？他也说不好，但就是这样：某种东西汇聚在他身上，带给他过去的回忆，某种像是间断多日后又继续做的一个梦。

  时候到了。赵先生打开一只类似小学生铅笔盒的白铁皮长盒子。里面装着他事先准备好的一条条短信，都是他亲手在薄得几乎半透明的宣纸上工工整整写下的。这些短信，赵先生思考良久才动笔。因为他不想随手乱写。他不只是为了寻开心，尽管他女儿守美拿这件事打趣他："爸爸，你在给情人写信吗？"或者："别忘了写上你的电话号码！"当然，她不看好这事。这不是她这代人或者住在这栋楼里那些上岁数的人能懂的。他们都活在当今的时代，他们嘲笑赵先生那些不切实际的计划。他们有互联网，他们在他们的手机或电脑上写东西，他们使用电子邮件。他们甚至很久以前就已经不再写信了。但守美在几年前却很喜欢写信。赵先生记得她曾经写过几首小诗，让爸爸像香烟一般卷起，再用胶囊挂在鸽子脚爪上。后来，她对这个失去了兴趣。当他们搬到这里，住进这座超大城市中心的大楼时，她已经不再相信鸽子和那些便条了，她变得跟其他人一样了。

就是现在。赵先生打开黑龙所在的笼子，轻轻抓住它，将它捧在两只手的手心里，感到在它胸膛中快速跳动的心、它腹部的温热和它冰冷的爪子。他用两只手的拇指尖抚摸着它，将它捧到自己面前，对着它的头和喙尖吹气。鸽子眯起眼睛，然后又睁大，它的瞳仁扩大了，因为它明白是时候做它擅长的事了，该展翅高飞了。

起风了，那是柔和与严酷交融在一起的味道，赵先生很熟悉每年的这个时节，这也是他最喜欢的时节，"渴望花儿的风"——对冰雪的回忆混合着山谷中开放的黑刺李花羞怯的芬芳。这里没有黑刺李花,有的只是 Good Luck！的一些住户在他们闲暇时养的盆栽植物。还有在楼下,沿着楼边生长的几棵不开花的木兰。

黑龙在主人的怀中抖擞身体,赵先生感觉到它那颗小心脏在绒毛下像只小铃铛一般兴奋激荡。他对着它的喙吹口气,低声念叨着鼓励的话语,不是句子,只是他精心挑选的一些词,一些柔和的词、圆润的词、轻盈的词。"风""心灵""光""翅膀""爱""回家""青草""雪"……对于黑龙,他此时只想对它说一个词:"希望",而对它的伴侣钻石,赵先生选择了"渴望",因为这个词也有"风"的意思。黑龙倾听着,瞳孔在它的黄眼睛里变大,赵先生听到它嗓子深处发出小石子滚动的声音,这是它用它的语言表达的词语,但那仅仅是它嗓子的语言,因为它的全身都渴望用它的飞羽、翅膀和尾翎表达,划破长空,潜入气流。赵先生慢慢接近天台边缘,他展开双臂仿佛将鸟儿敬献给天空。呼啦！黑龙向前冲去,它先朝街道方向坠落,然后突然振作,滑翔着上升,它开始在楼宇上方飞行,朝着日出的方向飞去。

钻石在笼子里不耐烦了。它听到了翅膀扇动的声音,现在该轮到它了,它知道,它呼唤着。当赵先生将它捧在手中，它用尖嘴啄他，对他说："放开我，傻瓜！我的爱人已经在天上了，快让我去找他！"赵先生不用走到天台边。他松开手，钻石便也冲了出去，比它的雄性伴侣更轻盈，它径直飞上天去，在大街的上空沿着一个圆弧轨迹盘旋，顷刻间消失在光亮中。赵先生的目光无法跟随它的行踪，他的眼睛太弱了，太阳的强光令他流泪。

此时，赵先生开始了漫长的等待。他知道这可能持续几个小时，有时甚至要等到夜里。他坐在笼子旁边，闭上眼睛，试着想象黑龙和它的伴侣钻石在城市上空看到的一切。那些玻璃高楼，像水晶山崖般矗立着，那些丝带般的高速公路，然后是那条大河。在笼子里禁闭数周后翅膀所积聚的能量旋即转化为电动力，翅膀全速拍打，风流将他们推向高处，河流上方的冰冷气旋又令它们下潜。黑龙领航至大河，接着钻石将它赶超，它沿着河岸一直飞到桥边，又向岛屿飞去。空中还有其他鸟，它们下方有大大小小的海鸥，岛屿附近还有一群群鸭子。鸽子们毫不停歇，它们在河水上方盘旋，水面波光粼粼，一簇簇野草和菖蒲在风中倾倒，大桥上早高峰的交通堵塞令汽车停滞不前，一阵汽车喇叭的嘈杂，或者鸭群的鸣叫，还有缓缓驶过大河的火车发出的笛声。为了在这漫长的等待中有个陪伴，赵先生带来了他最老的一位房客，一只见过他母亲的鸽子，它或许是最早那对鸽子夫妇的一个儿子。它叫"机长",因为它能飞得像飞机一样高。然而,它现在已经失明,又因为关节炎而瘫痪,于是它一动不动地待在主人的手心里,仅满足于呼吸风的气息,享受阳光在它羽毛上的轻抚。

莎乐美拍拍手。眼睛闪着光。她描摹着一些动作,但左手偏离了既定轨道,本该碰触自己额头的手却撞到了鼻子上,她随即做了一个丑陋的鬼脸。

"你想休息一下,是吧?"我说道。

莎乐美本来又高又瘦,但因为疾病只能蜷缩在她的轮椅上。她瘦细的腿上盖着一条花格被单,为了不让人看到她穿着尿不湿。但她竟然还能拿这件事说笑。她说:"这样别人就看不见我在抖腿了,我可不想丢了福气!"的确,我也知道这个传说,我欣赏她这种自我解嘲的勇气。

我坚持说:"你应该累了吧?"

"不,我很好。"

她努力寻找一个不满意的理由,这是她性格使然。但她最后找到的只是想要知道名字:

"你的故事,我很喜欢,我觉得自己也能像赵先生的鸽子一样在城市上空翱翔,感到自己如此轻盈!"她发出了一小声嘲讽的冷笑。"但我想知道那些名字!"

我不明白:"名字?什么名字?"

她做出一个不耐烦的动作:"那些地方的名字,它们,你的鸽子们,飞过的那些地方,告诉我那些地方叫什么!"

于是我杜撰出了那些名字,其中有这座城市里我知道的所有地名,还有一些不存在的地方,一些我只在梦里见过的地方。

黑龙和钻石飞过了一栋栋高楼,直到汉江,随后它们经过了汝矣岛,那些白色的政府大楼,那些小老头和小老太周日午后带着孙子孙女游逛的公园,它们斜插向一侧,现在正从西江大桥上方掠过,桥上数百万辆汽车像小昆虫般一个接一个地跑着。它们没有在此驻足,而是飞越了鸭子岛,然后它们掉头返回,沿大河接着是运河飞行,它们朝明洞进发,在萨沃伊酒店上方,可以看到很多交通堵塞的街道和一些仍然阴暗的小巷,它们沿着大山绵延的方向继续,可能钻石想要在山上的松林中歇歇脚,它很喜欢针叶的气味,期待有一天黑龙能下定决心在那里筑巢,但它快速扇动翅膀,朝钟路方向、朝教保文库的塔楼划出一条长长的弧线,它们一同飞向仁寺洞,飞向昌庆宫的花园,在秘密花园上空,那些小湖的湖水在太阳照射下闪闪发光,空中可以闻到树木的气味和花香,从山上吹来的风将它们往后推,它们到达了东大门和三清洞上空，与此同时，赵先生在他的那栋大楼满是灰尘的楼顶可以想象它们所看到的一切，那些闪亮的琉璃瓦铺成的传统屋顶，那些花园，那些方形院子，然后鸽子们回到景福宫附近，直到火车站，它们朝着太阳回返，现在已是傍晚了，它们飞了这么远都累了，两只鸽子又在三星公司楼群四周划了个半圆，这时河风或是太阳风将它们推向背靠着龙山矗立的那座高大建筑，推向正在等待它们的赵先生所在的楼顶平台。

莎乐美的表情兴奋激动，当我讲述那些名字，她闭上眼睛，跟随那对鸽子在天空遨游，她穿梭于街道之间，感觉到从大河吹来的气流，听到汽车、卡车、公交车混合的喧闹，还有接近新村火车站的火车在轨道上滑动时发出的金属撞击声。

我杜撰了这些名字：

松狮、明珠、晴岗、朴兰、帕然戈比、托凯、红露……

这些名字没有任何意义，但莎乐美相信它们真实存在，她过于白皙的手紧握着轮椅的扶手，仿佛轮椅已经升空，在云的下方滑行……

随后，莎乐美渐渐仰靠在椅背上，她闭着的白色眼皮上呈现蓝色的纹理，她睡着了。我缓缓地站起身，不弄出任何声响，取走了盛有五万韩元钞票的信封，信封上用大小不等的字写着我的名字：

辰辉，

我推开公寓的房门，走上了街道。

那段时间家里的状况愈演愈烈,争执口角更加频繁,一部分因为我亲爱的表妹,甜美可人的白花开始夜不归宿,与男孩子交往,总之变成一个不规矩的女孩了。

"你有生活经验,"我大姑对我说——她所谓的生活经验指的是什么呢?——"你应该让她改邪归正,她已经不学习了,她说都不想继续上学了,说是上学没用。"

我并不是没有尝试过。其实,我心底有些怜悯这个从小到大生活在家人溺爱中的孩子,她对生活一无所知。一天下午放学的时候,我去接她,想好好劝劝她。我们去了弘益大学的一家拉瓦萨咖啡厅。她找了个露台的座位,好方便吸烟。

"或许你不该这么早就吸烟。"我对她说。

"难道你不吸烟?"

"在你这个岁数的时候,我还没吸烟。"

"现在又有什么差别呢?"

我于是放弃了。毕竟,她是公开吸还是背地里吸,这不是我该管的。

"那随便你吧,可是你不学习是怎么回事?"

"你怎么知道的?"

"因为,我看了你的成绩单,你总是缺课,成绩糟透了。"

"我的成绩关你什么事?"

突然间,声调提高了,她探身朝我逼近,我看到她的瞳孔变大了,太阳穴上的小血管也因为愤怒而鼓起。

"你什么也不是,你就是个乡下人,你以为你上了大学就高人一等了!回你的全罗道去吧,捞你的鱿鱼去吧!"

她赫然在我眼中变得丑陋粗俗。听着她的辱骂,我不禁想到她很像我大姑,同样的宽脸,同样的短下巴,同样的扁额头,除了二十岁的差别。她所说的那些话,回去捞鱼云云,都出自大姑,她肯定时常在我背后说同样的话。

我决定了。凭着莎乐美付给我的工钱,我在另一个街区租了一间小卧室,就在新村北面的山上。好处是,这间卧室有一个单独的入口,这样我便不会常常与房东碰面。这只是一间半地下室房间,外带一个洗手间,马桶与旧盥洗池之间用一面塑料帘子隔开。屋子有点儿阴暗潮湿,却是我的家,在这里我不用再听表妹的无病呻吟、大姑的斥责和她丈夫的鼾声。我每天去上课,然后买点儿食物,一听可乐和几支香烟，我就是世界上最幸福的人了。我从没想过孤身一人是件如此快乐的事，形单影只的状态，不必见到任何人。我不能理解那些抱怨没有好朋友、感觉孤独的女孩。她们不知道自己有多幸福。我甚至不需要男朋友。我见过的所有男孩看上去都很愚蠢、自负。这些小皇帝，都被自己的妈妈、女朋友、姐姐和老师惯坏了。他们只关注自己，每天他们把最清醒的时光都用在梳理头发、喷香水、用手机自拍以检查头发造型上。那些试图接近我、对我吹牛说谎的男孩都被我撵走了，只消一句批评，他们就泄气了："你脸上都是痘痘！"或者："没人跟你说过你身上有臭味吗？"又或者："你从哪儿捡了这么件夹克，你看上去就像个修车的！"这就足以让他们都跑得远远的。这些男孩让我想到那些骗子，他们对路人描述另一个世界好将他们引到城外的一个偏僻之地，再将他们的钱一抢而光！

我唯一想再见到的人，就只有莎乐美。不是因为她雇我给她讲故事，而是她倾听我叙述的那种方式，仿佛她用心体会所听到的每句话，仿佛她所有无力的能量都从她的眼睛流出。一天早上，她给我打了电话。我当时正在听课，看到手机屏幕上显示她的号码，我没回话，等到午餐时分，当我在大学食堂大口喝着我碗里的汤时，她又打来了。

"莫西莫西^①?"(这本来是她接电话时爱说的话。)

"我需要你,我想听你故事的下文。你为什么不给我打电话?"

"我在学校有点儿事。我接到任务,负责组织一个关于翻译的研讨会。"

这是事实,但更主要的原因是我正忙于搬家。我不能跟她提起这些,因为我们有言在先互相都不提自己的真实生活,对于这一点,我很认同,我觉得人们太爱对别人倾诉那些只有他们自己才在乎的小烦恼了。莎乐美有很严重的健康问题,但她也只提过一次,为的是解释她无法行走,并需要护士每天两次为她沐浴更衣。因为她想让我理解她为什么不能送我至门口。我从没见过处于这种状态的人。就连我外婆临死前也还能弓着背走到屋外给鸡喂食。

"今天下午我等你,你会来的,对吧?"

我没有丝毫犹豫:

"今天下午。五点见。"

"啊辰辉,你真是个天使。"

她用英语说了这句话,稍后我在手机上收到了一个逗乐

---

① 日语打电话的"喂喂"。

的小人，头上戴着一只跳舞的小鸟组成的王冠。

我乘公交车来到了城南法国中学附近、她家所在的那条街。天气晴好，阳光明媚，我以前从没意识到她家的街区是如此优美，净是些环绕在花园中的华丽小楼和现代风格的别墅。当我路过住户的院门前时，几条狗在围墙后面狂吠。街区里很少看到行人，这与新村的高地那边形成鲜明对比，在那边几乎所有人都在步行，或者拉着装载着蔬菜的平板车和堆满旧纸板的独轮车。在莎乐美的街区——我之前只来过一次——就连汽车也仿佛是静止的。它们规规矩矩地停靠在地面画线的停车位内。在莎乐美公寓楼的入口处，我似乎认出了那辆车，一辆灰色的起亚，被护士停靠在墙边。这令人安心的同时却也正如那些一成不变的东西，令人感到恐慌，我差点儿掉头离开。然而是对莎乐美声音的记忆，当她说道"然后呢，给我讲讲然后怎样了，拜托你了！"时她那低沉的声音给了我按响门铃的勇气。护士给我开了门，我脱下篮球鞋，套上了她递给我的那双棉拖鞋。她什么也没说，特别是："莎乐美小姐在等您"——这是莎乐美的指示，绝不要说这些庸常的话。沉寂。

卧室被午后的阳光照亮，我对自己挑选的这个时间十分满意，如果换成阴暗寒冷的空气和疾病的气味，我将感到很不舒服。与此相反，此时房间里飘着茉莉花茶的香气，护士为我们沏好的茶正在莎乐美身旁的纸牌游戏小桌上冒着轻烟。这里面有些仪式感，尽管这只是我第二次造访；而我很喜欢所有那些带有仪式感的东西。这让我不禁萌生出讲故事的欲望，犹如某种令手颤抖的焦急。听上去或许有些自负，但当我来到她家楼下时，带给莎乐美对生活的憧憬仿佛是上天赋予我的使命。而我很享受这种感觉，因为当我步入她家的那一刻，心中对我即将讲述的故事尚且毫无头绪，是赵先生故事的续集，还是凯蒂小姐的故事，抑或杜撰一个杀手的故事。我决定这回是凯蒂。

第二个故事
二〇一六年五月讲给莎乐美

凯蒂在一天清晨来到了美发店,当时林太太正在为迎接客人做着各项准备,将座椅、洁净的毛巾、美容美发用具和泡绿茶的大烧水壶都一一摆放到位。林太太的美发店不大,但安排得井井有条,以便为想要理发、染发或烫发的女士提供服务。她的顾客群比较单一,大多是上了一定岁数的女性,林太太知道她们每个人的姓名,甚至了解她们的不少小秘密,一如理发师和美甲师通常会获知的那种小秘密。于是,凯蒂在林太太美发店的现身显得有些异乎寻常,出乎意料。在这一刻,她尚且是个陌生人,没有任何名字能与她衔接在一起。接下来,一两个月后,凯蒂这个名字才飘然而至,也许是因为那只日本的小猫玩偶[①],或者是林太太听到某人提到了这个名字。凯蒂小姐在美发店引起了波澜。林太太

[①] 指的是 Hello Kitty(中文名称为凯蒂猫或吉蒂猫),日本的三丽鸥公司于 1974 年所创作的吉祥物。Hello Kitty 的相关商品通常是一只左耳上有红色蝴蝶结的白色小小猫形象。

的两名雇员乔恩和艺琳，早就滔滔不绝地议论起来，以毫无逻辑、纯粹感性的混乱堆砌她们的各种假设：

"她这么瘦，肯定是北方人，农村来的。才不是呢，她不可能来自那么远的地方，依我看她是个城里人，看看，她一点儿也不怵，就这么直接走进来，好像她对小区很熟似的。一个城里人！您，一个宁越郡的女人能够看出城里和农村的差别吗？不管怎样，她衣食无忧，您看见她的连衣裙了吗？一身漂亮的灰色，没有一点污迹，她肯定没在农村的泥地里蹚过。而且，她对小区很熟，她大概就住在那座大楼里，就是旁边那座 Good Luck！。或者她是冷面店的，要不就是从玩扑克的赌场来的。赌场！您真是胡扯，她怎么会跟那些酒鬼混在一起！我不太肯定，但我觉得曾经在教堂附近见过她，可能是那个牧师在照顾她，应该就是这样，她看上去总是若有所思！您才是胡扯呢，干脆说她住在曹溪寺或者南山寺得了！那她来这儿干什么呢？咱们的美发店又不是为富人开的，来的都是小区里的大婶，不是吗？""就知道说三道四，"林太太总结道，"你们真是长舌妇。快干活儿去，有那么多布单等着清洗，剪刀、指甲抛光条等着收拾呢，我雇你们可不是为了在这里八卦我们的访客，我们的旅行者。"

如此，这便成了她的名字，不是凯蒂，或凯丽，不是这样的名字。她叫旅行者。这个名字很适合她。

"你认识我吗?""你知道我的名字和住址吗?""如果有人读到这封信请在信上回复""请拨打这个号码102……"(后面的电话号码我不能给出,以防引来骚扰、辱骂的电话)。旅行者脖子上套着的小口袋——一只草编的小口袋,其实更像个小零钱包——装着的就是这一类的信。这个主意是林太太想出来的。她并不是真的对这位旅行者的来历和遭遇感兴趣,而是旅行者周围笼罩着的神秘勾起了她的好奇,她幻想旅行者身上带着某种晦暗、近乎邪恶的东西。在她看来,没有偶然,绝对没有。每件事物都有一个起因、含义和结局。一个旅行者在某一天来到她的小区,来到她位于Good Luck!大楼脚下的美发店,此事必定意味着原有秩序的改变,某种电磁波的干扰导致了不可预见且令人担忧的事。"不管怎样,她总该来自某个地方。"她在美容院的雇员面前推理。"或者是有人把她派到我们这儿来的?""您应该自己问问她。"一个女客人开玩笑道,那是一个常来烫头的五十几岁大块头妇人,林太太对她有些瞧不起,因为身为附近街区教堂牧师的妻子,她却十分小气,每次都要讨价还价,特别是对她粗脖子的按摩,总是在理完发以后她才提出按摩要求,就好像这按摩本来就该是免费赠送的。"您知道吗?这正是我要做的。"林太太反驳道,从这天起她便想出了在草编的小口袋里放信的主意。

连续几周，旅行者脖子上挂着的小口袋严守着自己的秘密。里面的便条始终没有回应。然后，在某一天，当林太太已经不再记挂这事了，凯蒂小姐又回来了。她毫不胆怯地走进美发店，仿佛她与所有人都很熟，仿佛坐在里面一张黑色仿皮扶手椅上等待服务对她来说是很自然的事。林太太兴奋极了。她没让任何人接近旅行者，自己亲自为她准备了一碟饭菜、几个米团和一些鱼肉，并将菜碟放在了凯蒂小姐的面前。"你一定饿了，走了那么远的路，就请先吃点东西吧，然后我们再聊。""聊"是个夸张的词，因为林太太并没有期待真正的对话。她将旅行者留在那里吃东西，为此刻她手头上的一位女客人的头发做准备，这位有些耳聋的老妇人决心要将头发染成蓝色。林太太的雇员也都继续忙着手头的活儿，但每个人都不时用余光瞟着凯蒂小姐，观察她的举动。旅行者不慌不忙，从容和缓地吃着盘子里的食物。"她不饿。"林太太想。这证明她不是个普通的流浪者，她应该有家，有自己的习惯，有人照顾她。这让林太太感到放心的同时也更加剧了她的好奇心。一个什么都不缺、有家有亲人照顾的人怎么会跑到一家美发店逛荡，坐到扶手椅上等着？当她开始想象旅行者并不是她看上去的样子，而是一个真实的人，一个来自冥界的故人，一个曾经与她认识并在多年的遗忘后重返人间的人，这一切令她汗毛直竖。她急不可待想了结蓝头发的漂染工作，将戴着塑料头套的女客人晾在那里，跑到房间另一侧的那只扶手椅旁，跟旅行者说话。旅行者却很有耐心。吃完米团，她懒洋洋地打了个哈欠，然后俨然在座椅上昏昏欲睡，头枕着椅背靠垫，半闭着的眼睛微微透出她虹膜的黄色光芒。林太太急得连手都没擦，当她的手指靠近凯蒂小姐的脖子时，后者立刻向后退缩，因为她不喜欢染发剂的酸味。"哦，对不起，"林太太说，"我知道，这味道不好闻，我马上去洗手。"她在座椅前的盥洗池里仔细清洗了一番。然后，因为不知道该做何种姿态，她于是在座椅前蹲下，好让自己的脸与凯蒂小姐的脸处于同一高度。"看看你给我带来了什么消息。"她轻柔地将草编袋从旅行者的脖子上取下，打开。当看到袋子里有一张对折两次的小纸条时她心头一震——这不是她几天前放在里面的那封短笺。这张纸很薄，淡紫色，上面以儿童的字迹用细水彩笔写了几个词。

> 我在大楼的十五层，
> 我没有姓名，没有家
> 我是谁？

这一刻，林太太的雇员都跑过来，围在林太太四周，抻着脖子探着头想看看上面写了些什么，但林太太不让。她站直身体，将信笺小心折叠好，塞进了自己的围裙口袋。

"那，她都说了些什么？"年纪最轻的乔恩问道。"对呀，回复是什么？"其他人说道。就连一头蓝发的老妇人也戴着头套赶来道："出什么事了？"一位员工试着解释道："一切都好，大婶。只不过我们刚收到回信了。"老太太低声咕哝道："一切都好，一切都好，可我还是拜托您把我的染发做完。"凯蒂小姐，作为所有好奇关注的焦点，却对此毫不理会。她无精打采地伸个懒腰，将她精致的小脑袋轻靠在座椅的另一个扶手上，好换个角度看东西。

她在那里停留了整整一个早上和一部分下午的时间，半梦半醒地靠在座椅上。然后，在关店时间，林太太决定再写一封信。这时，雇员们在完成房间清扫和器具整理以后都已下班回家。外面夜幕降临，灯光逐渐点亮，可以听到将工作了一天的住户带回居民楼的汽车温柔的声音。卖橘子的小贩推着他的小三轮车停在公路的拐角，用一只噼啪作响的扩音喇叭叫卖着。

林太太写了一张信笺。她稍想了想，觉得是时候给出一个名字了：

凯蒂
我在 Good Luck！楼下的美发店里
如果你认识我，就请告诉我
谢谢

接着，她将仔细折好的纸条放进草编小袋子里，将绳带套紧在扣子上，然后观望着。旅行者似乎对此等待已久，因为她随即走下座椅，朝着大门离去，在便道上迟疑了几步，仿佛不确定该朝哪个方向行进，转眼就不见了。林太太赶到门口，想观察信使的去向，但旅行者早已在大楼入口装饰绿植后面消失得无影无踪。她感到心里一阵刺痛，就好像她从此再也不会见到她了，就好像这是凯蒂小姐最后一次来到她的美发店。当晚，她回到家与丈夫和女儿团聚，但林太太对他们只字不提。这就像是个秘密，她相信，说出来就会失去，仿佛一个虚无缥缈的梦，一旦开始用词句表达便会烟消云散了。

下午的时间已过去了一大半，阳光仅能照亮房间最里面那面墙，莎乐美在墙上挂了一块黄色的木板，上面贴着她家人的所有照片。我没敢在展板前驻足细看，只瞟见一个穿着两件套西装的女士形象，她身材高挑，表情严肃，身后是照相馆设置的背景，有小瀑布和古老的历史建筑。我甚至想到我有一天或许可以编出这个女人的故事，一个像凯蒂一样的旅行者，很久以前曾在澳大利亚生活，后来似乎死于一场海难，因为我觉得死于海难是件很浪漫的事——尽管仔细想想，溺死应该是很恐怖的。但眼下，凯蒂就已经足够让我费心了。

　　莎乐美叫人再倒些花茶，但护士没有回应（此时应该是换班的时间），于是我在窗旁的小写字台上将水烧开，再将茶倒入茶杯。这些茶杯都很普通，就像从大学食堂偷出来的那种，厚砂岩质地，没有装饰，但我相信这些茶杯对莎乐美来说一定有某种重要的意义。

她说:"请给我讲讲凯蒂!"她又说道:"然后你还会接着讲赵先生鸽子的故事,是吧?"

她小口喝着茶,左手颤抖着,右手则始终放在大腿上,仿佛已不中用了。莎乐美无意中瞥见了我的目光,她平和地说:"对我来说这是最难接受的,你知道。"她想要说出调笑的话,却说不出,于是微微做了个鬼脸:"感觉自己变得七零八落,每天身上都有些部分在消融、逝去。"

我什么也没说,我相信莎乐美这样的人不需要话语的安慰,也不需要怜悯。她需要的只有故事,好让自己远行。

就这样,每天早上,林太太企盼着凯蒂的到来。凯蒂不来的日子,时间对她来说是那么漫长,周围只有那些理发员的闲言碎语和顾客的牢骚抱怨:"您可不知道,我儿子可凶了,有时候我觉得他要动手打我。"或是:"我老公就快要退休了,他想四处旅游,去马尼拉、迪拜、孟买,大家都说我很幸运,可我一点儿不喜欢出游,说实话,我宁愿待在家,给我那些花坛浇浇水。"林太太对她们的旅游、她们的儿子、她们的老公提不起一点儿兴趣。她自己的生活已经足够令她烦恼了。于是,她会想想凯蒂,想想她将用草编小口袋带来的回信。而回信一到,她便再也等不及了,匆匆结束那些做花、红色染发、护理和头皮按摩,关上防盗卷帘,她走向凯蒂。

"看看,看看。你给我带来了什么?"

凯蒂探出脖子,林太太轻轻解开草袋的系带。口袋里有一张白色的纸条,上面写着:

旅行者也是我的朋友。

林太太草草写了条回复:

那请您来找我,我在大楼脚下的美发店。

小口袋刚一合上,凯蒂便离开了,蹦跳三步来到街上,消失在花园的树丛之间。她甚至没索取她应得的那份酬劳,一碗鱼肉和一杯水。

第二天,她又来了,这回带来了另一个口信,另一种字体:

我也是她的朋友,但我不住在这栋大楼,我来这里为一对老夫妇熨衣服。

林:

有人知道她住在哪儿吗?

回答:

我不知道,我觉得她应该从一层来,她坐电梯到我家。

两天以后她又写了一条信息:

谁知道她想干什么?谁知道她为什么旅行?

在收到一条嘲讽的回信后,林太太立刻想到住在大楼一层的那个牢骚满腹、脏兮兮的老头,应该是大楼的其中一位看门人：

她难道不是为了要知道自己是谁吗？您就别来烦她了！

这条评论，尽管来自一个半疯的老酒鬼，却在林太太的心中挥之不去，几乎变成了一个偏执的念头。"她想要知道自己是谁。"每天收工回到家，她不是坐在电视前观看自己最喜欢的电视连续剧，而是一个人独自待在厨房想心事。她的丈夫对此十分担忧：

"发生什么事了？是钱的问题吗？"

姜先生，林太太的丈夫，不是很有想象力。对他来说，一切都可以归结为钱的问题，或是健康问题。看林太太没有理会钱的提问，他想到了更为严重的缘由：

"亲爱的，你怎么不过来坐下？连续剧《野玫瑰》就要开始了！"

林太太耸了耸肩：

"管它呢，我有事要思考。"

"思考？"

姜先生不确定自己是不是听错了。

"你是不是哪里不舒服？你去医院看医生了吗？"

三四年前，林太太的右胸下部查出一个肿瘤，活检结果显示只是一个脂肪瘤，但这对夫妇在焦虑中度过了好几个星期。比妻子大几岁的姜先生当时还讲了个笑话，为的是纾解大家的忧心，但效果并不明显：

"首尔剩下的都是寡妇,"他说,"如果是你先走,我就不知该怎么像别人那样生活。"

林太太笑了笑。

"不是,不是,亲爱的,你放心,我很好。只是,那个凯蒂……"

她之前曾对他提起过一两次,但姜先生对这个故事并没有表现出太多的热忱。

"怎么了,那个凯蒂?"

林太太迟疑着。她的丈夫绝不是谈论这件事的最佳对象。

"我觉得她过来,到美发店来找我们,并不是无缘无故的。"

"什么无缘无故?你是什么意思?"

"我的意思是……"林太太开始讲述。但找不到适当的词语。"我有一种感觉,当她看着我的时候。不知道为什么,我会汗毛直竖,好像她要对我倾诉什么。"

姜先生觉得难以置信:

"这个想法太奇怪了,她会对你倾诉什么?"

他接着说,一听便知他完全没领会她的意思:

"如果凯蒂让你烦心,干脆把她从美发店赶走就是了。"

他回到了沙发上坐下,既然妻子不看电视剧,他便转到别的节目,停在了当天循环播放的政治新闻上,里面的男主播带着厌倦的表情，做着评述。

夜里，林太太醒来，觉得自己解开了这个谜的一部分，但这种感觉随着她深入的思考反而越来越不真切。

凯蒂的到来不是偶然的。是有人把她派来的。她是个信使，但这些口信没有什么意义，然而她一家接一家在小区里游走，并开始在互不相识的人们之间编织起一张关系网。

随后出了杨玉美太太的那件事，杨太太是B栋六层的一位住户。

林太太认识她，因为她来过美发店一次，不是为了烫头，而是为了找工作。她丈夫失踪了，没有留下任何地址，这个女人必须想办法养家糊口，因为她的独子在一次交通事故中伤残了，无法挣钱。林太太很同情她，但不能雇用她，也不能为她找到工作。她给了杨太太一点钱，杨太太接过钱，谦卑地道了谢。从此以后，林太太便再没听到过她的消息，但林太太料想这个女人的情形不会有太大改善。终于在这个下午，将近四点的时候，凯蒂小姐走进美发店，带来了一封杨太太的信。信用红色的字潦草地写在一张从记事本上扯下的纸页上：

希望能在下辈子与您再见，感谢您。

杨玉美，B栋六层

一看过信，林太太急忙关了美发店，连关上灯、停下烫发机都没顾上。她带着员工向 Good Luck！的 B 栋跑去，她们一头冲进楼门口。电梯轿厢此时正停在高层，等了好几分钟才等来。当她们进入电梯时，林太太看到凯蒂也随她们一同赶来，正等在电梯门前。她看上去对路很熟。她是不是杨玉美派来的信使？到了六层，林太太不知道敲哪扇门。左边的，右边的，还是中间的？是凯蒂给她指出那扇门，林太太开始连续捶打大门。敲敲，然后听一听。公寓里面似乎有动静，好像是某种呻吟、啜泣。

"开门！"林太太说，"我们是为您赶过来的，开开门！"

一个邻居将自己的门打开一条缝，畏缩地说："您是不是该报警？"

林太太没理会他，继续捶打着门。这是一扇十分普通的胶合板门，只有门把手旁印着一个图案，呈现的是一条龙，一只凤凰，或者类似的东西。

"杨玉美太太！杨太太，把门打开，我们是来帮助您的。我是美发店的，我们店里的员工也来了，我们见过面。打开门，求求您！"

稍后，公寓里传出一阵嘈杂，林太太听到门锁插销的响声。接着门缓缓打开，仿佛里面的人拉拽的是个异常沉重的东西。凯蒂小姐顷刻间钻进了屋内，林太太听到杨太太的喊声：

"啊，是你，你回来了，谢谢，谢谢！"

她意识到这些话只可能是对旅行者，对凯蒂小姐说的，她感到一丝气恼,但很快便忘却了。

林太太把那两个理发员留在了公寓门口,她不希望有太多的围观者。屋里四处都很阴暗,窗外的卷帘被放了下来。地面上摊着报纸和纸张,小过道里堆放着一袋袋的垃圾,客厅则恍若一个抢劫现场。所有的东西都七上八下,椅子都仰面朝天,瓶瓶罐罐倒放着,烧酒瓶子和脏碟子摆在地上,窗旁一条团成一团的被子暗示着杨太太睡觉的地方。林太太想要打开灯,但电表似乎被关停了,可能是没有收到电费的电力公司干的。当她渐渐适应了昏暗,她发现杨太太坐在地上,背靠着墙,双手放在大腿上,头朝前低垂着,仿佛正盯着地上的什么东西看。如果刚才不是她亲自开的门,林太太会以为她已经死在这个地方。这一刻,林太太感到一阵惊悚的寒气轻轻掠过脊背,好像她进入的是一个超自然的洞穴。

林太太坐到她身边对她说话。

"杨玉美太太!杨玉美太太!您还好吧?"

但很明显她一点都不好。房间里弥漫着一股强烈的酒精味,晦暗中充斥着不安和死亡的气息。最后,林太太的员工都进来了,在她们进来的一刻,林太太看见凯蒂小姐走出了公寓,一缕黄色的流光从她侧面一闪而过。

"快把卷帘打开!"林太太命令道。

阳光射入狭小的房间里,照亮了室内的杂乱,令杨太太不得不低下头,好让头发遮住脸,仿佛阳光会刺伤她的眼睛。她极其苍白的双手蜷缩在灰色的头发里。

当晚剩下的时间这些女人是在杨太太身边度过的,她们陪在她周围,给她端茶送水。一位员工,岁数最大的那位,开始着手打扫小公寓,把要扔掉的东西、应该忘记的一切都归置到一起。杨太太不去过问,兀自躺在地上,张着嘴仿佛在深水潜水后恢复呼吸。她什么也没说,没有可以听清的话语,但很明显她曾想死,曾想打开煤气或吞饮消毒水——门口旁边就放着半桶,盖子已经拧开了。又或者她曾想跳楼,小阳台门是半开着的。整个晚上,直至深夜,这些女人都待在一起。姜先生打来电话,还亲自跑了过来,他表现出少见的感动。他给杨太太送来一小盆花,几朵含苞待放的黄水仙,杨太太凝视着这些花就好像它是世界上最美妙的东西。

接下来的日子里,生活继续,但林太太会时常去探望杨太太。她终于在 Good Luck!大楼不远的一个裁缝作坊里给她找到了一个零工。小区的女人们都好像一同盟了誓,绝不与大家失去联系。即使没有受到任何威胁,也保持沟通。说说话,互通手机短信,或者没打招呼就去串个门。唯一令林太太难过、也令整个小区居民难过的是,从杨太太决定自杀的这个夜晚后,凯蒂小姐消失了。她再没现身美发店,送来信件。姜先生给出了一个解释:她最终找到了一个没有那么纷扰,没有那么多悲剧发生的地方。众所周知,猫都喜欢享受自己的平静。然而林太太想到了另一个理由，虽然有些疯狂，却能够解释很多事情：凯蒂小姐，旅行者，不是一只寻常的猫。她是个神祇，一个幽灵，或诸如此类的东西。如果林太太是个基督徒，她会说她是个天使，或是个魔鬼（如果凯蒂小姐是个黑发女孩而不是金发女孩的话）。但既然她更倾向于佛教，对她来说这意味着，凯蒂小姐是个名副其实的旅行者，她在不同的生命、不同的世界中穿梭，为的是完成她弥补的工作，可能是为她年轻时犯下的错误赎罪，比如她曾任由自己的妹妹绝望而死，林太太想起自己曾听说过这个故事，不是发生在 Good Luck！大楼，也不是在 B 栋里，而是电视或报纸上提到过的事，这个女青年，女歌手，被发现吊死在自己满是空烧酒瓶的杂乱公寓里。但那也许只不过是在这座城市众多街区中诞生的那些传奇故事中的一个，这座城市每分每秒都孕育着五花八门的事件，怪诞的，美丽的，恐怖的，应有尽有。

我有一段时间没去看莎乐美了。不是我把她忘了，只是我在延世大学的学习和我每周三个晚上要组织的研讨会占用了我很多时间。我一直没动信封里装的那五万韩元钞票，或许因为我感觉到做事要有始有终的压力，又或者因为钞票上的那个女人，这位看上去有点儿悲伤的高个子女士让我联想到莎乐美。仿佛这些纸币对我说："别忘了我！快来看我吧！"甚至，用她深沉的嗓音说："别那么残忍！"研讨会的薪酬足够我支付房租，其他支出我也能勉强应付。我日常吃的主要是拉面和泡菜。记得我外婆声称，人可以单靠三餐吃泡菜过活！她说，那是战后那几年人们的食谱，当时李承晚政府怀疑全罗道的居民参与共产主义暴动，为了惩罚他们便将他们置于饥荒中！

此外，我生活中出现了新的情况。在与几个女伴的一次出游中，我再次见到了朴先生，钟路区书店的那个小伙子，我们渐渐开始交往了。我知道了他的名字，他根本不姓朴，他姓高，因为他来自济州岛。然而我仍继续称呼他我之前想象的那个名字，如此便不必修正我的记忆了——他则为自己取了一个基督教名，弗雷德里克，为了纪念弗雷德里克·肖邦，因为他非常喜欢钢琴曲。

他自然跟我聊起了莎乐美。他对她并不了解，据他说，他是在一次给她送书的过程中认识她的，她当时订购了一些英语、法语小说和有关医学、心理学的科学书籍。通过与她交谈，他意识到我可以成为她的陪伴者，不是陪她聊天、散心，而是与她分享幻想的世界。朴先生说，对于一个患病的人，整个世界都变成幻想的了——我觉得他说得没错。他的容貌日日夜夜萦绕在我的心里，令我无法抗拒。我喜欢他的一切，特别是他那杏仁形的眼睛，黑色的眼珠神采奕奕，四周围绕着匀称的睫毛，他的眉毛——记得母亲总说，那是一个帅小伙身上最英俊的地方，像用木炭笔描摹的完美弧线。我喜欢他的肤色，一种红棕色，还有他剪短的头发，我喜欢他颀长而有力的手指，指尖是方形的——一天，他向我坦言，因为没有把指甲剪成圆角的耐心，他每次用剪刀咔嚓、咔嚓、咔嚓，只消三下便把指甲修剪好了！

我们养成了每周见几次面的习惯，每个周末，或者平日下午当他结束了在钟路书店的工作。我们每次都选择一个散步的目的地：不是在水边就是市中心的花园，又或者天气晴好时，我们会去城南的动物园。我一直很喜欢去动物园，不是为了看关在笼子里的动物——其实，我记得很清楚，当我还小的时候就郑重发誓有一天会将所有动物园里的笼子都打开，好还给那些无辜的囚犯以自由！与其说是为了公园本身，更确切地说是为了棕榈树和山茶花荫庇的那些曲径，为了在公园里可以遇到的人，为了高喊着奔跑的孩童和追在他们后面喂零食的老婆婆，还有，当然也要提到，为了坐在避开人群的阴影中的那些情侣。

于是，和他们一样，我现在也和一个男孩到那里去。我们很规矩地并肩而行，走过一条条大道，没有真正的谈话，有的只是情侣间为了更好地了解对方而闲聊的那些家常话。

"弗雷德里克，"我说道（我现在开始称呼他的英文名），"都说情侣喜欢去水边约会，这是真的吗？"

"你怎么知道的？"

"我不知道，"我说，"我从没爱上过谁。"

想了想，我补充道：

"我觉得这种说法有一定道理，因为水是种浪漫的元素。所有的爱情故事里都有水，不是海就是河，要不就是湖，或者一个池塘。"

"也可能是个游泳池。"弗雷德里克打趣地说。

我没敢对他说，其实我立刻期望弗雷德里克带我去海边，因为首尔这座大城市是这样的干巴巴，除了高楼、公路、汽车和公交车以外，什么也没有。

我们还是去了动物园，一直溜达到了绿猴园，因为，尽管被囚禁着，绿猴们看上去照常嬉戏、打闹、叫嚷、做爱，还相互偷窃食物，就像人类一样。它们也完全可以在城市快乐地生活！

我们朝公园的中心走去，我很想牵住弗雷德里克的手，但我不敢。猴子和鸟儿的啼叫在树林上空回响，令我感觉仿佛漫步在梦中，远离现实的烦恼，远离大姑和她恐怖女儿的恶意。

我们用弗雷德里克的手机拍了照。都是些所有人都拍的那种傻乎乎的照片，我俩脸贴脸的自拍，我用手比出 V 字形，还有心形，为什么，我也说不清。后来，他又在照片上添加了一些小图案，几个桃心和几片云，他在上面写了，可以猜到，"爱"。在其中一张照片上，他写出了我所收到过的最美妙的致辞：

辰辉，我的星星！

我想起母亲曾经告诉我，我的名字是我外公取的，因为他希望我在人生中能够从内到外散放光辉。

我们就这样一直待在动物园里，直到关门，只是在满是游人的小道上漫步，听着孩子们、猴子和鹦鹉的叫声。很久以来我第一次感到如此自由自在。我做着那些让我自己都难以置信的傻事，比如在单杠上荡来荡去，又或者围着水池跑圈，还扯着嗓子唱谷米①、艾德·希兰或随便什么人的歌。他这个那么喜欢优美的钢琴曲、交响乐和舒伯特艺术歌曲的人，这时看上去有些窘，而正是他这个样子逗得我很开心。弗雷德里克总是有点儿拘谨，即便穿着夹克和牛仔裤，他也仿佛身着全套西服。然而，我喜欢他的也正在于此，我绝不希望他变成那些王子中的一员，那些小皇帝，喷着香水，把大把的时间都花在往头发里抹发胶上。朴先生让我感到安心，他看上去很自信，知道在人生中自己想要的是什么。在这一点上，我跟他截然相反，我从不知道明天将会是什么样的。

钱，我想，开始让我焦虑不安的是钱。一开始，总是弗雷德里克请客，到什么地方都是他付账，不管是餐厅、咖啡厅还是出租车。一次，他问了我一个问题，让我感到有些难堪。他说："辰辉，你过得好吗？你的学习没有问题吧？"

我说："我挺喜欢法语课的。"

他笑了笑。"不，我是说，钱的方面？"

"还好，钱的方面我没有太大问题。"

而后我说谎了："我家并不富裕，但我还能靠他们养活。此外我也打点工挣点零花钱。"

我绝不想让他知道我只能吃上泡菜，尤其不想让他知道

---

① 谷米（Gumi），全名 Megpoid，是互联网有限公司以雅马哈的 VOCALOID 语音合成引擎为基础开发的虚拟女歌手。

我住在哪个街区。我含糊其辞地说:"我在延世那边的大学城里有一间小房间,说不上豪华,但很舒适。"

"没有同屋吗?"

"没有,我可不想要同屋,那些女学生都脏着呢,还有人睡觉打呼噜!"

就是在那个时期我开始为了朴先生而编造自己的生活,让他信以为真。他本身拥有规律的生活,与父母住在漂亮的街区,在钟路书店做销售员的同时正在为法律专业考试做准备。他很快就要买辆汽车,那是父母为庆祝他法学院毕业送给他的礼物。

于是,我必须符合他想象中的我,一个中产阶级家庭的女孩,父亲是公务员,母亲是私立中学的教师,与全罗道或渔民毫不相关。尽管如此,我还是对他讲起了我的外婆,她来自北方,在战争中失去了丈夫,而后逃到釜山避难。

这些并不是谎言,对我来说,这就像是讲给莎乐美那些故事的延续,好让她的眼皮渐渐因睡意而沉重,或让她的心激烈跳动。

我们保持着这种稍显怪异的关系,其中的二人从不提及自己真实的生活。事实上,我对他一无所知。我们每次分别,他都叫辆出租车,把我送到我应该居住的大学前,再继续他的行程。他从不在我面前说出自己的地址。一次,为了打趣他,也出于好奇——女孩子总是有点儿好奇,又特别爱八卦——我对他说:"带我去你家,我想看看你家的街区。"

他表情有些难堪。"这不是个好主意,我住得很远,而且恐怕会有人看到我跟你在一起。"

这个回答让我的心被轻轻刺痛了一下。他应该也马上意识到了,因为他接着解释道:"是我的父母,他们在小区里有很多熟人,你知道流言蜚语能传得有多快。"

我对这个解释并不满意。我更希望他会邀请我去见他两位金贵的父母——尽管我最终会拒绝前往。然而,我中断了这次谈话:

"好了,好了,你没必要解释,我理解。"

然而,我从没跟他说过我家的事。我只提到过一次全罗道,但略去了大姑和表妹白花。光是他们有一天可能相见这个想法在我看来都十分荒诞。与她们合住的那栋公寓在我记忆中就像是一个蝎子窝。

朴先生和我,我们继续约会,一起在城市中穿梭游逛。他很喜欢古迹,我们一起参观了位于山冈上的古庙,还有那些博物馆。尽管我对建筑并不是很感兴趣,我还是耐心地倾听他关于挑梁和老瓦片层叠嵌套的解释。我们总是在弘大或新村的咖啡馆结束一天的游逛,一般都是带露天座的咖啡馆,因为弗雷德里克会想要吸支烟。我也与他重拾吸烟的旧习。我们会买薄荷味的香烟,在大拇指和食指之间捏一捏才能释放出烟草中的薄荷香精。

我们喝着很黑的咖啡。对我来说,咖啡和烟草是这个男孩的象征,不仅因为他眼睛和皮肤的颜色,还因为他身上某种晦暗、苦涩的东西吸引着我。我们就这样坐在咖啡馆的露天座上,毫不理会这个街区每日来来往往的大学生,抽着烟、呷饮着咖啡,几乎不发一言。我本希望我们之间能更加亲密,但他并不以为然。可能是因为怕被看见。如此,尽管我们走得越来越近——我们正式开始在公园或河边长椅上谈情说爱了——弗雷德里克却始终拒绝与我牵手。我们绝不应将自己的感情暴露给外界,他是这样看待情侣生活的。他说:"别人没必要知道。"

同样的,我们约会的日程表也是由他制定。

"明天不行,后天也不行,我有事。"他说。

"那如果我除这两天以外都不行怎么办?"

他不动声色地看着我。"那就分手。"

只能是我妥协,改变自己的时间表。我因此错过了好几场研讨会,并冒着失去相关酬劳的危险。

他从不解释拒绝的原因。他有工作——当然,我从事的不是同类的工作,我不需要尽团队义务。我不需要进行财务结算,也不用参与图书馆的盘点。一天,他解释说:

"我做这个工作是为了获取经验。我的目标是财务,我想进入一家大集团，像三星、LG 或现代。我可不会跟书过一辈子。"

他的话让我有些受伤，因为如果能与书共度一生，我将别无他求。

我忽略莎乐美已经有好几个星期了。其间，她不时给我手机发来短信，起初比较轻松，内容大约是："我需要赵汉秀和他的鸽子"，或者，"随便什么故事都行，快点儿！"随后变得越来越绝望："别忘了你的金世莉，她会难过而死的！"还有："给我讲个故事吧，一个让我一睡不醒的故事！"

与弗雷德里克的约会开销很大，我需要钱，单间公寓的房东也不断向我讨要欠她的三个月房租。我不得不抛开那些美好的处事原则，将信封里的那些钱——那位忧伤女士的钞票都耗费在了餐厅和出游上。现在，我感到某种焦躁，也不再对那位五万韩元的女士或任何人感到一丝悲悯。这个大都市的生活就像我与一位英语课女生曾结伴探访的一家孤儿院，里面数十个宝宝就像菜市场上的商品一样等待着被没有子嗣的富有人家购买——这些家庭小心翼翼，生怕自己收养的是个唐氏婴儿或吸毒父母的孩子。

我回复了莎乐美的呼唤，选择一个弗雷德里克·朴出行的日子，我赶赴城南。

第三个故事
于二〇一六年七月讲给莎乐美

在宽敞的育婴室里,一个个小宝宝躺在各自摆列整齐的摇篮里。当前还是睡觉时间,室内没有响动。被呼吸的湿气蒙上一层水雾的玻璃落地窗后,护士汉娜在椅子上打了个盹儿。外面夜色依旧,从带护栏的窗子上映出的蓝光便可看出。但大厅亮堂堂的,十几只荧光管灯——其中有些因筋疲力尽而闪个不停——发散着白色的冷光。

娜奥米在二〇〇八年七月的一个清晨来到了这里。是汉娜,在善牧育婴堂(这座慈善机构的英文名字是 Bon Pasteur)前发现的娜奥米。汉娜每天早上六点上班,她坐地铁到弘大站,再沿着几条小巷步行上山。六点的街道还是寂寥冷清的,街上杂乱地摊放着那些夜不归宿的狂欢者遗弃的纸盒和空瓶。对这种状况习以为常,汉娜早已不像一开始那样发牢骚了:可恶的大学生,活得像狗一样,无法无天!走到善牧育婴堂时,她最先看见的是地上摊着的一堆抹布,她刚要用脚将抹布卷推到水沟里，抹布卷突然动了，她听到好像一窝刚下的小猫发出的轻微啼声。她小心翼翼地弯腰靠近布卷，用指尖拨开，生怕蹿出一只咬人抓人的动物来，而她看见的是：一个幼小的婴儿，粉红的皮肤，闭着双眼，长着一簇深黑的头发。她就是娜奥米。

当然，她当时还不叫娜奥米。娜奥米是汉娜给她取的名字，因为汉娜没结过婚，所以也没能有自己的孩子，但她一直想象如果她能有个孩子，那一定会是个女孩，而她一定会叫她娜奥米。

娜奥米来到这里已经一个月了。现在，她的眼睛已经睁开了，她住在育婴室的中央，躺在她的摇篮里，四周是其他二十六个婴儿。育婴室的员工都说，她是最漂亮的宝宝，汉娜非常同意。其他宝宝年龄各不相同，有些已经来了六个月，其他的是在娜奥米之后来的。他们有男孩也有女孩。某些有残疾，虽然还小但已经显现出来了。他们全都被生母遗弃，其原因不一，大部分是因为母亲太年轻，自己都还差不多是个孩子，无法照顾一个婴儿，更无法面对未婚生子的羞耻。每天都有夫妻为了收养孩子来到育婴堂。他们无权挑选，也不能靠近，只能待在面对育婴室的大玻璃落地窗后面，看着那些摇篮，听着婴儿的哭声。或许他们希望仅仅通过看着这些小床、听着宝宝的啼哭、猜测孩子日后的样子，就能感受到某个呼唤。汉娜将娜奥米置于房间的中央，尽可能远离落地窗,如此期望那些收养人不会看到她,不会注意到她的声音,不会被她粉红的皮肤和漂亮的黑头发吸引。

娜奥米看见的是什么?她的头还不能动,沉沉地贴在床垫的冷床单上。但她的眼睛睁得大大的,看着那些从她面前飘过的光云,偶尔苍白,将一切藏匿在它移动的涡纹中,有时几乎无影无形,如一张绢网,一片轻纱散布在房间中,上面数百万颗小水滴闪闪发光。但这一切只有娜奥米能看到。她也能感觉到其他婴儿的存在。那里有很多婴儿,但数目对她来说没有任何意义。所有这些喊叫、啼哭,还有那些口气、汗味或尿味、吃奶的婴儿特有的微酸气味,在天花板、墙壁,甚至看不见的地面画出一幅网格,此外还有别的东西,仿佛一条波、一声鸣叫、一个颜色,但又不是这些,来来往往,穿过娜奥米的空间,拂过娜奥米的身体、她紧锁的脸、她的肚皮,涌入她的手脚中。犹如一个波浪。娜奥米可以感觉到她周围的这些身体,即使他们已经停止哭闹,即使他们已经因疲惫入睡,即使他们已经让人忘记了他们的存在,娜奥米知道他们还在那儿,是她体内的某个震颤告诉她她是个女孩,一个女人的女儿,从现在起被抛入这个世界,而从今往后她将在这个世界度过余生,她生命的所有年月,一刻不离,是的,直到尽头,直到最后的时刻。

娜奥米，小娜奥米，听我说，对我笑一笑，我会守护你，我的小乖乖。

汉娜在床的上方俯下身，将目光沉入那双黑色的大眼睛中，那眼白依旧是出生前夜的蓝色。

你从哪里来，小娜奥米？你还记得吗？将来有一天你能说出来吗？是谁将你投放到这个世界，然后又将你遗弃在善牧育婴堂的门口，将你包裹在一堆虽然干净但既不能当衣裙也不能当床的旧被单里，是谁在这春寒料峭的早上将你放在那里，让樱花花粉飘落在你的嘴唇上，让你沉浸在公园的嫩草散发的浓烈气味中？你看见从西伯利亚越海飞往日本的鹤群从白色的天空中穿过吗？它们中最年长的那只领航，鹤群以完美的纵队缓慢前行，这时你听着它们空灵的鸣叫在整座城市上方回响，一直传到新村和弘益的小巷深处，一直传到灰色楼房脚下你的藏身之所。你还记得这些吗？小娜奥米。那是你生命的开始，你不能忘记。你不是像其他宝宝一样降生在医院里，你降生在这座城市的某个角落，也许是在某个公园里，抑或是某栋房子的平屋顶上，在纸箱和晾晒的床单之间。你与你分娩的母亲一同喊叫，然后你便来到了这里，来到了育婴堂的门口，好让我找到你，好让我汉娜，将你当做我的女儿。

但娜奥米没在听。她还处于另一个世界，出生前的那个世界中，一个人类从母体中带来、连接在他们脐带、四肢、性器官上的那个世界中。一个如此广袤、未知，以至于人的精神无法设想的世界，因为精神只不过是这个小肉块，因为时间和空间仍会与它连接几个时辰、几天、几周，仿佛通过一个小孔我们可以窥视无穷宇宙的起点。

听我的嗓音，这是你听到的第一个嗓音，因为将你抱起又将你放在育婴堂门口的人在做这件事时保持静默，他们害怕有一天你会记起这件事，你会认出他们的嗓音，你会对他们喊道："可怜虫，你们做了什么？你们为什么把我丢弃？"我一发现你就马上把你抱在我怀里，我就是带着这个嗓音，我，汉娜，这个还没生过孩子就已经老了的女人，这个肚子干涸贫瘠、乳房空得像皱瘪的皮水袋的女人。当我抱起你时，我以这嗓音唱起了歌，好摇晃着让你在我怀里平静下来，我唱了一首没有歌词的歌，我出生时我妈妈唱给我的歌，我还记得，我们离开南部来到这个大城市时我因为害怕迷路让她唱给我听的歌。

    妈妈去海中捞牡蛎

    宝宝一人独自看家

    海洋的歌摇着宝宝入睡

他在木床上沉入梦乡，呼呼呼……

　　她就这样没有歌词继续哼唱着：咕咕咕，咕咕，咕，咕咕咕咕，咕，咕咕咕咕咕咕，咕……将嘴噘成圆形轻柔地唱着，模仿房顶上鸽子的叫声，我的白鸽，好让你记得，好让你知道，在那个早晨冰冷的街道上，在那春风里，在那公园嫩草的气味中，在那樱花的白云中，在那雨滴的轻抚中，从那时起就已经有人守护着你。

　　在这之后，育婴堂的大厅接收了小娜奥米。

　　人们在地砖上推来了一张新床，一张带着四面布墙的床，硬邦邦的床垫上床单被抻得像鼓皮一样紧。娜奥米被放在床上，她开始号叫，其他的宝宝也跟她一起号叫，她一时间听到了那么多人的嗓音，在令人惊恐的同时也是一次历险的开始，所有这些被绝望的年轻母亲、被缺席或懦弱的父亲、被自私和卑鄙蒙蔽眼睛的家庭、被制度、被法律、被习俗遗弃的婴儿。这些婴儿就像贪食凶猛的小动物，他们的四肢和他们所有的神经早已与生命捆绑在一起。

　　莎乐美不喜欢这个故事。她期待一个后续，一个惊人的情节，某个能够满足她口味的东西。或者因为这个故事让她想起自己的故事，想起她父母将她遗弃，在给她留下可观的遗产后，他们就服毒找先人去了。

"为什么大家对这些婴儿的身世一无所知？他们都是妈妈生的！为什么妈妈会把他们遗弃？还有他们未来会怎么样？"

"你很想知道，是吗？"

我刹那间明白了我对她有着某种影响力，有点儿像弗雷德里克对我也具有某种影响力。这是一种既美妙又邪恶的感觉，一种屈从于某种诱惑、某种罪恶的感觉。为了进一步确认，我接着说道："如果你不喜欢我的故事，我们可以到此为止。"

莎乐美低下头。我是她与外部世界唯一的联系，一个无目的、非物质的联系，完全不同于那些给她换尿不湿、给她洗澡、给她喂饭、帮她就寝的保姆和护士所完成的日常操作。她轻声说道："没有，拜托你，别走，你想讲什么就讲什么吧。"

于是，我继续讲述娜奥米的故事。

在她寒冷的小床上，大部分时间她是沉静的。当小宝宝们开始哭喊，一个，接着另一个，然后三个，然后十个，然后整个育婴室高声号叫，他们紧皱的小脸蛋好像握紧的拳头，他们敞开的喉咙送出尖锐的喊声，他们的皮肤变成暗红色，护士们急忙出动，在小床之间的通道上跑来跑去，不知如何是好，她们一个接一个触摸他们的尿布，检查床垫上是否有遗忘的大头针，接着捂住耳朵，以免让自己发疯。

她们不知道的是，带头叫喊的是她。在一片寂静时（不是夜晚，因为育婴室里没有真正的夜晚，有的只是沿着墙边地脚线排列的小照明灯放出的柔和光线），她会感到焦虑在心中升起，那是好像要被溺死的小猫一样的弃婴感到的焦虑。

于是，她发出一声号叫，仅仅一声，但刺耳、凶狠，仿佛一声呼救，或是一声怒喊，然后所有婴儿都醒了，此起彼伏地哭喊起来，直到育婴师和护士，甚至接生婆都纷纷跑来。

老汉娜，她知道。本能地，或者因为在育婴堂门口发现娜奥米的那个早上她是第一个听到她号叫的人，她很快就明白了。然而，她没向别人透露。她理解她，她是她的宝宝，不是任何其他人的。她无法接受那些脸上抹着白粉的陌生人来到这里，将娜奥米带到他们位于江南的漂亮别墅，或者他们在汉江河畔的豪华公寓里。是她编造传言说娜奥米是个不正常的孩子，她患有耳聋，先天愚型，或神经疾病。当前来收养的申请人注意到她的摇篮并从窗子的另一侧走过来，因为他们远远地发现她有着浓密的头发和粉红的皮肤，汉娜便会出面干预："你们知道吧，这个宝宝跟别的孩子不一样？

收养办公室的人没告诉你们吗？"如果这些人执意要她："但我们会给她更多的爱，因为她比别人更需要爱。"她会说："这个孩子将来不会说话，不会对你们微笑，事实上，我们还不确定她是否能看得见，她好像这方面有问题。"汉娜不断让收养人知难而退，直到有一天，管理层决定不能再收留娜奥米了，她给育婴室制造了太多麻烦，因为她，很多宝宝都没能得到收养。他们打算如何处置她呢？可以考虑将她托付给收容残疾儿童的政府机构。而汉娜则制定了自己的计划。她宣布她即将离职，为了回到南部，照料她母亲。就在离职前几日，她成功获得了夜间值班的机会，那是深夜一点到凌晨六点的夜班，她将随后几日需要的物品都收拾齐备。这晚，娜奥米决定要大干一场。她长时间保持安静，在电视机荧屏前所有的护士都坐在椅子上睡着了。而后，就在五点半，娜奥米发出了她迄今为止最为尖利刺耳、令人毛骨悚然的叫声。骚动开始了，所有人都四处奔跑，乱作一团，强睁着因困倦而肿胀的眼睛，尽力平息婴儿们的哭号大合唱。汉娜趁乱将娜奥米裹进一条被单里，她偷偷溜出来，推开了大门，在外面，她欣喜地看见那辆亮着车灯等待她的黑色出租车。汉娜打开车门，坐上后座，将小娜奥米紧紧抱在怀里。"去哪儿"司机问。汉娜只答道："往前开！"当车启动时，她靠着椅背坐稳，轻轻掀开床单的一边。初升的阳光不足以令她肯定，但她似乎看到了娜奥米微笑。

赵先生和他鸽子故事的续集
二〇一六年八月

这就像场军训。每天早上天刚亮，赵先生就推着他的三轮小推车，将两三对装在笼子里的鸽子夫妇带出来。他用心挑选地点，首先在河流附近，为的是训练它们不在小岛或桥墩下停歇，一口气飞到河对岸。早上，日出时分，大河就像一条云雾巨龙，雾气来自大海，一直上行到河口湾。在仁川一侧，鸽子们学着在海水涨潮时逐渐淹没的红草场上方飞行。

赵先生将一条卷起的字条挂在黑龙的脚爪上，里面写的都是些单词，只有他明白其中的含义，比如：

大海

  岛屿

    风

  翅膀

回归

而他又在钻石的右脚上挂了一些满是爱意的甜蜜话语：

无穷无尽

  天长地久

轻柔爱抚

以及他妻子的名字，肖恩熙。

  赵先生常常想念她，她死在那边，在岛上，当时他还在警察局工作。因为他钱挣得不多，于是她在汗蒸幕做搓澡师，为农村女人做按摩、搓掉她们的死皮。

  正是为了她，赵先生才开始了与鸽子的历险。他记得有一天他问到关于她祖母的事，她答道："只有变成鸟儿才能回到那边去。"的确如此。那些瞭望哨所、铁丝网只能阻止陆地动物和人类。鸟儿和昆虫，可能还有蛇和青蛙，都不会被边界拦截。他们凭着肖恩熙的钱养起了这些鸽子。赵先生很希望她能进入他的梦里，好让她知道将来有一天可以给她留在另一边的家人发送书信。但她在这一切实现之前就死了。

  经过了河上的试飞后，赵先生觉得应该也在山里试一试。在那边，边境的另一侧，有很多白雪皑皑的高山，还有尖峰和深谷，对于不善飞行者，这将是不可逾越的屏障。作为首次训练，赵先生将鸽子带到北汉山的顶峰。那辆三轮小推车有点上气不接下气——它是赵先生刚开始从农贸市场向城市中心运送蔬果时遗留下来的——赵先生认为使用出租车将是更为明智的决定。为了一段清晨的去程和一段傍晚的回程，他讲了讲价。出租司机李先生与赵先生一样也曾是警察。他们的协商充满信任，达成的价格也十分合理。李先生提出的唯一条件是为了防止在车里留下不好的气味和羽毛，鸟儿得待在后备厢里，他可以不把后备厢盖严。赵先生毫不犹豫地接受了，他说："这些鸽子不怕冷，吹点风对它们有好处。"这一次，为了防备鸽子在山里迷路并被附近的居民接收，他准备的信笺更加直白。信的内容大致是：

你好！我叫黑龙，我必须将我带的信送到我的主人赵先生手里。

后面是地址。他本想加上他女儿的电话号码，但又怕女儿不愿意让陌生人拿到自己的电话，而且又因为自己这个固执的癖好而招来她的嘲笑。

于是，一个四月的早上，李先生的出租车早早地将赵先生送到了山顶。风很冷，但晨雾上方的天空闪耀着一尘不染的蓝。

"来吧，我的宝贝儿，"赵先生对那对鸽子说道，"你们要飞翔在这个地区最纯净的空气里,远离城市。"他先将笼子打开一道缝,让鸽子适应它们的使命。与此同时,他从嗓子底部发出咕咕声,咕——,咕——,好让它们安心。他先取出了钻石,将它紧紧握在双手中,并轻轻对着它的喙部吹气。钻石挣了两下,因为它闻到了风的美妙气息,阳光下的松林,石头之间那些矮小的多肉植物,甚或还有雪的味道,一种只有鸟儿才能闻到的静谧的味道。片刻之后,赵先生走到了俯视全景的那座矮墙边,将钻石抛入空中。他看着它高高飞起,穿过初升的太阳,然后在树林上方盘旋。它扇动翅膀的声音充满了静止的空气。随后,赵先生即刻放出了黑龙,它竖直升空,在挤压羽毛的窸窣声中,与它的伴侣会合。

两只鸟儿在天空中相遇,开始围绕着对方飞舞,距离很近且速度极快,以至于赵先生一时害怕它们会撞上岩石。而后,他闭上双眼,为了更好地体会它们的感觉,仿佛光与风的旋涡,令高山在它们下方转动,让白云与乌云的丝线交缠在一起。

莎乐美也闭上双眼。她伸出一只手,我用双手紧紧握住,就好像我可以透过皮肤将高山空气的味道、吹过松林的风声、鸽子翅膀的窸窣声传递给她。她打了个冷战,因为她的疾病令她的神经末梢倍增,就连朝她身上轻微吹气都会使她的所有细胞震颤。是俞莉，我的医生朋友，第一次对我提到了复杂性局部疼痛综合征："疾病发展到一定阶段，极小的感觉都会让病人感到难以忍受的痛苦，必须服用镇静剂才行。"她以医学的冰冷说了这些话，但在此地，在这个拉起窗帘阻挡阳光、被寂静压抑的房间里，我似乎体会到了莎乐美的感觉，一种电流涌过她的皮肤，进入她的体内，直到她的发根。我轻声说道："对不起，莎乐美，我没想要弄疼你，如果你希望我现在可以离开。"她没有回答，但她的手蜷起，长着钩形指甲的手指掐着我，陷入我的肉里，她的薄嘴唇也变成了蓝色。

电流持续了很长时间。渐渐地，它失去了活力，从莎乐美的体内退去。我自己也感到疲惫，某种麻木取代了疼痛的感觉。

好了,该讲讲我自己的故事了,这不是我编的,而是发生在我身上的故事。

我决定把这个故事讲给莎乐美,因为到某些时候,我对过于完美的事物感到腻烦。当然,莎乐美病得很重,她不能离开轮椅,她戴着尿不湿,她的皮肤好像粗糙的纸,印着青色、红色的印记。她的体味也让我无法接受。在她之前,我不知道病人有一种体味。这是一种像老人身上散发出来的微酸的气味,我认得老人身上的味道,因为当我还是小女孩儿时曾给我外婆按摩过很长时间。但老人身上的味道更柔和,有点儿像枯萎的花的味道。而莎乐美,她的体味更浓烈、更呛人,一种野兽的气味,混合着汗味。她的护士徒劳地往她脖子里倒入几升的科龙香水,那种气味依然会漂上来,浮出表面。有时,我真想对她说:"莎乐美,你有臭味。"然而我没说,不是出于尊重,也不是因为她付给我钱——毕竟我不是她的用人,而是为她讲故事的人。不是这些,而是出于自尊，因为我觉得我没有权利抱怨，再说我也改变不了什么。我要么来，要么不来，扯闲话又有什么用？

然而，这种气味深深渗入了我的体内。当我回到家，回到那个地下室小公寓里，我不顾那些吸引老鼠和蟑螂的垃圾袋，打开那扇贴着街道地面的小气窗。当我躺到铺在地面的床垫上时，那种气味就又回来了，它充斥整个房间，充满我的鼻孔。我甚至自问这味道是不是我自己制造出来的。我把头埋进被单里，握着拳头睡着了。

就这样，那个"妄想"杀人犯来了。

一个新手杀人犯的故事
二〇一六年八月底

那段时间,我还住在梨花女子大学上方的街区,一条条攀爬上山的窄巷被肮脏污秽的两层建筑物占据。我给这个街区起的就是这个名字。当大学同学问我住在哪儿,我回答:"那个街区叫艾尔索蒂多①。"我住的那座楼的确可以叫这个名字,但它没有名字,有的只是一个编号,类似203栋或者1002号。用砖头石块建起的这栋楼有着金属的窗子和金属的门,一部没有灯、几乎垂直的楼梯。一层是一家牛骨汤餐馆,二层是一家按摩店。而我住的是一间半地下室,唯一的窗户是贴近街道地面、常被一袋袋垃圾挡住的一扇气窗。一开始,我对一只早已习惯进出我房间的肥老鼠发起了一场绝望的战斗(绝望的是我)。它在通风口之间流窜,并用力破坏了铁栅栏。我将铁栅栏换成了一块木板,但它每晚都来啃

---

① El Sordido,西班牙语"肮脏"的意思。

噬。我又放了一块石膏板，可也没能抵挡它的利齿。作为最终解决方案，我从一位旧货商那里买来了一块锌板，将它钉在了墙上。但接下来的夜晚堪比地狱，因为那只肥老鼠（我给它起名叫肥仔，尽管不确定它是不是个肥妞）试图在锌板上钻出一个通道，而它的门牙在金属上发出的响声就像刺耳的音乐令我整夜难眠。那位旧货商很同情我的遭遇，对我说：

"对付老鼠只有一个办法。"

我想到了毒药。

"不行的，你的老鼠很熟悉毒药，它不会碰的，而且毒药对小孩也很危险。"

他用报纸包了一些烧酒瓶的碎片，给了我。

"你把这个敲碎，混到米团里。它吃了就玩完了。"

这个办法挺残忍，但我想，不是它死就是我亡。几个夜晚后，我听不到老鼠的声音了，我想它应该是死在外头一个黑暗的角落里了。

老鼠只是个开始。因为，一段时间以后，我受到了更为惊心动魄的攻击。我正睡在床垫上时被一个怪异的存在惊醒了。我以为是一个噩梦，但当我朝气窗转过头去，我觉得我要心跳停止了。窗子的另一侧，一个男人正蹲在那儿看我。我一直以为鉴于气窗紧贴街道地面的位置，没人能看见我，因此我没装窗帘。此时正值盛夏，闷热难耐，我将窗子打开了一半。我可以清晰地听到那个男人的呼吸，甚至看到他贴着窗玻璃的鼻孔留下的两个水汽圆印。

我不知道我就这样一动不动地看着那个男人的身影过了多长时间，就像在一个连呼吸都不敢的噩梦里。然后，我嗓子里发出了一声大叫，我用尽全力地那放声一叫，简直能让那个小房间里的我耳朵被震聋，于是男人逃走了。我能做什么呢？报警吗？可是什么也没发生，我甚至无法提供体貌特征。只有一个蹲在我窗口弯腰驼背的轮廓，还有他呼吸的声音，被他注视的感觉。我没法对人说起，就连旧货商也不行，他是否也有除掉追踪者的办法？随后的夜晚，我用报纸贴在窗玻璃上盖住窗户。我甚至将房间里唯一一把扶手椅顶在门把手上，但我还是没睡着。每当我昏昏欲睡，我就会时不时听见窗玻璃上清晰的敲打声，几下急躁而短促的敲击，于是我钻进被单里好躲避这声音。

而后，这种事不仅限于夜晚了。现在，当我离开我的地窖去上课或去图书馆学习，我总感到有人跟着我。艾尔索蒂多街区是个很理想的跟踪地：那些下山通往地铁站的小巷子，那些晦暗的角落，那些车库入口或院子，一切都让我觉得可疑，到处都能看到诡异的身影。我头也不回地往前跑，往左拐，再往右，然后停下，好从药店的橱窗玻璃观察后面的人影。那个黑色的轮廓在那里，就在我身后，一个高大强壮的男人，光溜肩膀，穿着一条带环形褶子的肥裤子和一件灰色T恤，尽管天气炎热，他的头包裹在一顶毛线帽子里。现在，虽没从正面见过他，我却知道了这个人的每个细节。度过了最初的恐慌，我决定以记住他尽可能多的样貌特征发起反攻。对于身高，我估算了一根电线杆上贴着的一张小广告的高度，从商店橱窗的影子中我看到他比那个记号高出十几公分，这意味着他身高大约一米八。对于他的体重，就比较不确定，我选择在便道上堆放的纸箱之间穿梭前行，我发现他无法沿原路跟踪我，不得不下到马路上。他的年龄也难以确定，但他能跑，也能大步行走，所以我肯定他应该是年富力强的，也就是说是令人生畏的。

  他为何选择了我？大概早在我刚搬到这个被诅咒的街区，这栋楼的地下室，当我逃离我大姑的公寓、尚且浑然不觉时，他就已经盯上我了。可他为何固执地跟踪我？为了迷惑他，我改变了习惯。在那之前，我每天都睡得很晚，熬夜在房间里亮着灯看书学习，而第二天醒来时已经将近中午，白天都已几乎过半了。从那以后，我开始很早关灯，好让人以为我已经睡了，我也养成了很早起床的习惯，有时我早上六点就已经出门了，没吃饭，甚至没花时间刷牙，我穿着前一天的衣服，没换衣服，也没梳头，我想要显得很悲惨，使得任何人都不想跟我说上一句话。一开始，我以为他明白了，他放弃了。然后，在我走下地铁站的楼梯时，我转过头，他还在那儿，在小巷的高处，双手揣在兜里，那顶毛线帽还裹着他圆圆的头，我甚至看见他在微笑。而这个微笑让一股寒气穿过我的后脊梁，仿佛他从远处用一把匕首划过我的皮肤。

莎乐美一言不发地听着我的故事。我想她也感到害怕，或许她至今从未想过这样的事，某个人会在街上跟踪一个女孩，既不跟她讲话，也不靠近她，只是享受令她恐惧的快感。我后悔不该跟她讲这个故事，令她心神不宁，是为了报复她吗？因为她生活在这样娇生惯养、呵护备至的世界，尽管患病，她的世界从不缺钱，在这里护士们定时轮流照顾她，我现在也加入这个世界中来，因为我受雇对她讲话。又或者是为了她现在的样子而惩罚她，因为她毫无自卫能力，包围在自己的死亡气味中？我对她说：

"对不起，我不该给你讲这些。我看得出来你不喜欢我的故事。"

她反对，脸颊即刻变得火红，双眼闪亮。

"不，不，辰辉，一点儿没有。"

她又补充道：

"这只是个故事，是吧？不是真的吧？"

这一刻，我很想对她说：

"你以为我能编造出一个杀手吗?"

然而我控制住了:"不是,不是,莎乐美,这当然只是个故事,就像凯蒂小姐,那只送信的小猫,还有赵先生和他的鸽子一样。"但我迟疑了片刻,莎乐美旋即用她的思绪填补了她的提问和我的回答之间的空白。或许在她心底,就像我一样,既想相信这一切不是真的,又希望知道得更多,因为一个谎言里总隐藏着一个真相。

雨季陡然到来，瓢泼大雨从城市上空倾泻而下，街道上溪水流淌，这是我第一次经历这样的情况，因为在全罗道，下雨的时候，细流和水洼会立刻渗入泥土，但在这里，在新村区，感觉恍如世界末日。天空翻滚着的大块云团遮掩住高楼的楼顶，十字路口都被淹没，水柱从下水道口涌出。每天，为了上学或去教授语言课，我不得不迎战这场水灾。雨伞不顶用，我将背包用几层塑料袋包裹起来，自己则尽量躲避在一件水手雨衣里（这是我少年时期鱼市生活所遗留下的全部家当!）。为了在街道上行走，我脱下鞋子拿在手里。在乡下长大的优势在于习惯了光脚走路，而我看到的那些大学同事，不是被她们陷进污泥的高跟鞋绊倒，就是在他们的人字拖上打滑，同时扇动着双臂，仿佛浮冰上的鸟。我从小就喜欢在雨中光脚行走，体会水在脚趾间流动，顿时又找回了儿时的感觉。这个季节给我提供了一个喘息的机会，因为我的追踪者消失了。他或许不喜欢被淋湿，或者因为不如我灵活,他在变成湍流的大街小巷里难以跟上我的步调。

这个季节,我停止与朴先生见面了,事情在不知不觉中就变成这样了。他本应给我打电话,却没有打,我本应在一个周六下午去书店找他,却独自去电影院看了部惊悚片。这就好像追踪者的缺席导致了我男友的消失。又仿佛二者只是一个人物的两面,一边是个支配欲强、自恋、有点儿自私的男人,另一边则是个危险而贪婪的陌生人。

我已经有段时间没再见到莎乐美了，我没给她打电话。可能是因为雨季。还有就是要为在大学教授基础法语课作准备。尽管薪水低得可怜，我还是接受了这份工作。是尹慈，外号"贱人"，给了我这个差事。这不太合法，因为我没有相关的文凭，但我让她相信我曾长期在非洲生活，说话就像当地人一样。而且这也帮了她一个忙，因为她跟她老公决定要个孩子，并已经开始投入到一系列的检查化验中。当然，到了四十岁，这是很勉强的，但我一点儿也不同情她。首先因为她是，并将永远是个"贱人"，仗着家里的财力（她父亲拥有首尔最大的米花饼制造厂，并开始向非洲国家出口），总是一副狂妄自大、盛气凌人的样子，然后因为作为替补她的教师，她只分给我大学工资的一小部分。我知道我可以威胁她向大学告发，但我从中又能得到什么呢？凭着她老爸的钱，她会留任原职，而我则会被扣上"贱人"的帽子——那个背信弃义、不知感恩的叛徒。于是，我每天待在大学准备讲义和小测验，下载示意图和流行歌曲——达丽达、埃尔韦·维拉尔，还有我一直喜欢的阿兰·苏雄。如此能让"贱人"尹慈的曲目丰富多彩一点儿，别总局限于阿达莫的《下雪了》。

为了结束她无休止的短信，我给莎乐美打了通电话，电话里她的声音如此微弱。

"你好吗，莎乐美？"

"不好，很糟。"

"啊？很抱歉。"

一段厚重的沉默。我可以隐约听到她的呼吸，某种尖细的窸窣声，就像风吹过松树针叶的响声。我想象着她房间里的闷热，关闭的窗帘上透过的阳光，她衣服上的汗味。这让我的心刺痛了一下，仿佛那是件太过熟悉却又必不可少的东西。

"我可以现在过去看你。"

我连想也没想就脱口而出。即刻，我感到这句话给莎乐美带来的慰藉，似乎她舒了一口气，或者呼吸更顺畅了。这终究如此简单。对于我任何一个动作她都会有所回应。这甚至可以是个谎言，只是为了试探。是很残忍，但近一段时间我学会了残忍。就像朴先生，提出约会却不赴约，或者打来电话却又不留言。不是从电话亭，就是用禁呼号码打来，比如书店的电话。总之别想再打给他。

"什么时候?"

"现在,如果你愿意。"

"那你打车来吧,留着小票我给你报销。"

"可我没钱打车。"

"那我给你叫车,你现在在哪儿?"

"在大学。"

"我现在叫车过去。"

一分钟后:

"出租车十五分钟后到。在大学门口等你。"

"OK。"

我惊讶地看到几个星期以来莎乐美身体发生的变化。好像在我身上分分秒秒、日日夜夜正常行走的时间,却在她身上奔跑着。她的面容依旧美丽(我总觉得她好像但丁·加布里埃尔·罗塞蒂画中的人物,鼻梁坚挺,眉弓下的阴影中目光炯炯,黑色的头帘剪得笔直齐整),但表情有些怪异,稍显僵滞,仿佛某个恐怖的事物在暗中窥视,而她又无法摆脱。莎乐美瘫在轮椅中,不顾炎热,腿上仍盖着毯子。

她强颜欢笑迎接我的到来。

"好久不见。"她说。

"没有那么久。"我开口道。但她并没有在听,只是做了个不耐烦的动作。

"我不想听这些。我想要你给我讲那几个故事的结局。"

她的声音也变了,声带附上了一层薄纱。她呼吸急促,半张着嘴,热气从她的齿间带着哨音吹出,我以为听到了蒸汽机的声响,但那其实是她肺内的锻造厂在赶工。

"那个疑似的杀手呢?"

"暂且消失了……"

"怎么会,消失了?这种人永远不可能完全消失。"

她以嘲讽的目光看着我。我本想说句闲话,类似大雨让一切都消失了,但她的眼神阻止了我。我感觉她知道或是猜到了某件我没领会的事。

"但我不需要这个故事。"她说。

我着手操办讲故事的仪式,去橱柜取出小茶杯和杯托、袋装茶和她父亲从英国为她带回来的萨拉姆茶壶。我按下按钮,让水壶开始烧水,然后站在窗前等候。透过纱帘,我看见空荡的街道,因雨水而闪亮的水泥路面和一些植物。墙上的这块方形,是莎乐美所能看到世界的全部。就连天空也被高层建筑遮蔽而难以窥见。

"你快一点!"

这是莎乐美第一次给我下命令,但她的声音揭穿了她的话语。因为那句话更像是一声哀怨的呻吟,从她的薄嘴唇之间流出、在喘息中颤抖的呻吟。

我面对着她坐下来,不是坐在扶手椅中,而是那张低矮的小椅子中——一张裁缝椅——令我可以与她面对面,就像坐在她脚边一样。我想,这就是讲故事人应有的姿势,我喜欢这个位置。我常常记起我的大表姑,我们叫她姑母。每当她讲故事的时候,我就席地坐在她的脚边,让她用手指轻抚我的头发。

赵先生故事的结局
二〇一六年八月底讲给莎乐美

事实上,我说(可能略带威严),一切都一个结局,即使是最神奇的故事。就连赵先生也心知肚明。正是出于这个原因他才一再推迟放飞他亲爱的旅行者——黑龙和它的妻子钻石,让它们启程飞往国土的另一边。

或许他内心惧怕这终极的考验。他对这个时刻,这个返乡的时刻,等得太久了。早在他还是个孩子,跟母亲在江华岛的时候,晚上,母亲给他唱那首家喻户晓的民谣《阿里郎》,双眼望向那一片浓雾遮掩着的汉江对岸。他记得很清楚,他生命中的每个晚上,夕阳西下时,他都能像祈祷般记起。

"有一天,有一天,我们将渡过河流,翻过高山,重归故里。"这就是他小时候妈妈边哄他睡觉边给他唱的歌,他睡着了,梦见自己飞到另一边。这一切或许只有他一个人记得。当他对那时的未婚妻肖恩熙（但她更喜欢自己的英文名南希）说起这些，她却嘲笑他。开始时温柔："所有的小男孩都梦想跟着妈妈飞到天上！"然后，随着时间流逝，变成厌烦尖刻的讥讽："好啊，去呀，去看看那边有没有那么好。听说那边的人都饿疯了，死人要不赶紧埋了都能给吃了！"他明白她已经不再与他做着同一个梦了，他便不再与她说起。

赵先生感觉时候到了。自从他妻子去世，他就生活在返乡旅程的准备活动中。现在，没有人再对他的奇思怪想提出质疑。他女儿也长大成人，嫁给了一个移民（大多是中国移民）服务处的办公室雇员，她已经没有时间、也没有心思再批评父亲了。他可以带着他的鸽子做他想做的事，她全不在乎。

另一方面，赵先生深感必须趁为时不晚尽快作出决定。尽管他觉得作为一个退休人员自己还很健硕——他在 Good Luck！大楼的管理员工作也留给他不少闲暇时间——但他知道他剩下的年月将越来越短。有一天，他将没有力量再开启这样的旅行。

六十年代末，战争已经结束很久了，但人们依然不时谈起边境的摩擦。南北两侧的士兵在朝韩非军事区、高城郡和麟蹄郡都出现了小规模冲突。尽管没有伤亡，但的确有实弹交火，甚至还出动了迫击炮进行打击。这些随时都有可能重新开始。

赵先生要确保自己的计划滴水不漏。于是，他决定让鸽子接受一项特殊训练。他首先想到的是放爆竹，就像每年春节人们扔向空中的那种。但这些小玩意儿的噼噼啪啪在他看来实在幼稚可笑。他要的不是吓唬小麻雀，而是为鸽子们迄今为止最遥远、最危险丛生的旅行做准备。

就这样，他决定乘公交车去城南，靠近动物园的一个街区，然后沿着松林中一条曲折的公路上山。那里有一处射击训练场。四处勘查后，他判定最好守候在打靶场偏东方向的一个高地上，那里不会有人惊扰到他。

此时时辰尚早，射击场的大门才打开。将近中午，赵先生放出了鸽子，先是燕雀和它的妻子狐狸，然后是总统和旅行者，接着是苍蝇和紧随其后的妻子知了。手枪和步枪的爆破声在蓝天中回响，空气中飘浮着一种火药味。当火力变得猛烈密集，赵先生从笼子里小心捧出黑龙，长久轻抚它的嗉囊，因为它是他的英雄，这项任务将由它来完成。而后，朝着靶场的方向，他将它抛向空中，紧接着钻石也飞了出去，并在松林上方绕了一个大圈。

赵先生等他的鸟儿归来一直等到傍晚。松林中的步枪声盖过了所有其他声响，既听不到临近高速公路上汽车的声音，也听不到蝉鸣。赵先生想到他母亲听到过的声音，当她用一块披巾裹住儿子背在背上在田野中奔跑，轻机枪和炮弹一阵接一阵地扫射轰炸，而她在浦项和马山稻田的水中蹒跚而行，那是一九五〇年夏末，是很久远的事了，那时赵先生还是个嗷嗷待哺的幼儿，然而他此时仿佛能够认出每颗子弹的嗖嗖声，每道地上炮弹炸裂的冲击波。

渐近黄昏，暮霭开始在空中散布，赵先生看见了自己的鸽子。它们一对对相隔仅几下翅膀扇动的距离，在空中盘旋，寻找着自己的主人。步枪爆破声已经停息。知了重新开始大合唱，一波波，随着公路上行驶车辆的调子忽高忽低。

赵先生发出了信号，他拍击双手，鸽子们便聚拢过来，先是雌鸽子，接着是两只雄鸽子，它们降落在松林间一块干燥的地面上。它们飞了整整一天，但似乎并不疲乏。当赵先生将它们捧在手里，他感到它们的小心脏还在猛烈跳动，那是在山丘上空度过的这自由的一整天所赋予的兴奋节奏。赵先生将它们一一放回笼子，没给它们喂食，只在栏杆上挂着的水杯里倒了点儿水。他自己这一天也水米未进，像是要陪伴鸽子们经受这考验。他满怀骄傲，因为他的宝贝们克服了磨难，现在没有什么可以再阻碍它们成功返乡了。

莎乐美在轮椅上伸展开来，胳膊和腿都没动，只是放松了肌肉。焦虑的表情已经从她脸上消失了,她几乎带着微笑。

"然后呢,它们什么时候正式启程呢?"

我说:"明天。"我本可以说"马上",但外面的日光就像在故事中逐渐西斜,雨也停了,我决定,对她,对我,对赵先生,启程的日子是明天。

明天到了。

对赵先生来说这是启程的大日子。他从菜市场租了一辆小货车,和鸽子们开始了最后一次历险,飞向边界的另一侧。他对出发的地方很熟悉,一九五六年他跟着妈妈战后从南方返回以后就是在这里长大的。这是距离他出生地最近的地方,就在汉江河口湾的另一侧。赵先生的母亲决定在这个僻静的村庄定居,因为如此她便觉得可以与留在那边的家人,她失踪的丈夫、她的外公和她失去的所有亲友保持联系。她有时会对儿子说起往昔的生活,当他们住在梨园、衣食无忧的时候。她很少提起赵先生的父亲,因为他只不过是个农民,然而他曾是个美男子,强壮有力,还有副好嗓子,会唱流行民谣,她就是这样被他迷住的,还跟他有了一个孩子,然而她的家庭却鄙视他。战争一爆发,他便离家出走,去参加北方部队了,而她也从此再没听到他的任何消息。于是,她选择带着孩子离开,她坐在一只木筏上渡过汉江,并一直跋涉到了南方的浦项。现在这些记忆又回到了赵先生的脑海中，特别是那首《阿里郎》。双眼噙满泪水，他一只接一只打开鸟笼。

"去吧，高高飞上天，一直飞到我的出生地，飞到埋藏在山谷中的那座农场，你们能认出来，凭着那些漂亮的梨园，你们将把信带给我的家人，我的侄子侄女，我的表弟表妹，你们将把我写给他们的话语带去，带到河对岸，那些希望与爱的话语，那些喜悦与欢笑的话语，那些幸福的话语！"

在午后和煦的阳光中，莎乐美闭上眼。她听着赵先生的话，听着风穿透翅膀的声音，飞羽的窸窣声，风将它们从大河深色水面上方托起，河水颤抖的波纹就像动物皮肤上的褶皱，逐渐靠近的前方陆地散发的气味，田野的嘈杂，儿童的喊声和笑声。

听，海上吹来的风，早晨清新的风，呼吸，感觉风拂过你的面颊，莎乐美，你高高地飞翔在空中，向北，向世界彼岸飞去，这是你最后的旅行，与黑龙、钻石和其他鸽子一起，风令你迷醉，令你炫目，令你屏住呼吸，但你继续飞行，你一往无前朝你的目的地飞去，你张开双臂，感觉风吹在你的身上，你没有重量，在风中犹如一片羽毛，一片树叶，一片花瓣，在你下方，大河和它的岛屿将你推向高处，推向北方，推向家乡。

莎乐美的眼睛始终闭着，而我的话说得越来越轻，越来越慢。她张开双手，感觉空气穿过她的指间，她呼吸着风，品味着海盐和鲜花盛开草原的甜蜜，在风中摇曳芒草的长茎，树木繁茂的叶子，山茶花光亮的树篱，还有所有纵横交错的道路，不是公路，而是路边砌着石墙的小径，乡村里的篮板房顶，令她在九天遨游的是词语，她甚至无需听到这些词语，它们就像焰火一般从她心中迸发。

鸽子飞行了一整天直到夜幕降临，它们飞越山谷和丘陵，飞越黄色的稻田和油菜地，飞越工厂和调车场，飞越灰色的村庄、机场、湖泊和溪流。当夜晚来临时，它们认出了主人出生的地方，夹在两山之间、生长着果树的狭窄山谷。于是，它们在空中盘旋了最后一圈，便停靠在农舍的屋顶上，一对，接着另一对，然后又是一对，它们都到了，一个也不少，一个也没掉队。它们走在粮仓屋顶上，它们的指甲在金属上嘎吱作响，它们的嗓子再次发出和平的咕咕声，它们温柔伤感的歌谣，它们交配前互致的爱意。

莎乐美闭上眼，听到了农场居民的声音，先是孩子们的叫声，他们发现了谷仓顶上的鸽子，叫到：哎，哎，哎！然后大人们一个接一个赶来了，妇女们系着围裙，男人们的脸被太阳晒得黝黑，他们高大，有着健壮的肩膀和因劳作而变得结实的手。所有人都在水泥房子前止步，看着这些他们从未见过的鸟儿。接着，他们中的一个将一把梯子靠在墙上，慢慢爬上去，小心谨慎，当他抓住黑龙时，黑龙听凭摆布，旅途的劳累让它无力挣扎。到了地面上，大家围着它，这时钻石也来了，在翅膀的拍打声中降落在她丈夫的身旁，其他的鸽子夫妇也都尾随而来，孩子们笑着将它们捧在手里。此刻，一个名叫美宣的小姑娘喊道："看哪，它脚上挂着一封信！"她给大家展示一个小纸卷，男人展开纸卷，女人高声辨读，只这个词：未来。这是一个隐秘的词，在不同的嘴唇之间跳跃着，与此同时，其他的纸卷也被纷纷展开，一张接一张，里面都只有一个词。有人提到了"间谍"这个名字，一个令人害怕的名字，每个人都退后一步，但鸽子依旧平静地啄着美宣给它送来的米粒，并与其他鸟儿分享。此刻是正午时分，初冬的暖阳透过云雾炙烤着。鸽子们被某种神秘而明确的命令指引到此，它们提到另一个世界，河口湾的对岸，一个不再陌生的世界。它们行走在土地上，在梨园集体大农场的居民中间。这是它们旅程的终点。明天，或者也许几天以后，美宣和别的孩子将在纸上写下一个词，将信卷在黑龙右爪上，以及其他所有鸽子的脚爪上，仅一个词，比如"顺遂"或"爱"或"幸福"，然后他们将用手捧着鸽子，将它们朝返回的方向抛上天空。

莎乐美仰靠在轮椅上，头微微歪向一侧，双眼饱含泪水，但她不知道这是源于欢乐还是绝望。一个故事完结了，一段旅程也完结了。

我拾起她的手，久久地握着，她的手又热又干，发着烧。

我轻轻地离去，没有道别。护理的时间到了，护士站在客厅门口，她白色的围裙在半明半暗中发着光，仿佛某个幽灵现身。赵先生梦想成真了，他回到了家乡，他已别无所求，因为对他来说世界是完美的。但在这里，对于我们这些生活在别处的人，什么也没有真正实现。幸福是不存在的。有的只是几个梦、几句话语。只是鸟儿穿越河口湾时吹拂它们羽翼的海风。

而现实是致命的。

雨季令我和莎乐美身心俱疲，仿佛街道上流过的这些水和公路水泥路面上热腾腾的蒸汽将我们清洗冲刷、绞拧、丢弃，将我们的力气抽排一空。

我决定再次搬家，那个半地下室的房间已经变得有害健康了。雨水令墙上出现了可疑的斑点，那只前一段时间放弃入侵的肥老鼠又卷土重来，在伙伴们的帮助下，每晚试着推开我钉在墙上的那块锌板，我可以清楚地听见它牙齿的啃啮声。我猜它已经消化了米团和碎玻璃，这次回来是要用牙齿嚼碎最后的玻璃碴，用这鬼魂的声音惩罚我！我还看到浴室（其实就是在中式马桶上方装个喷头）里跑着蟑螂，正如那句众所周知的谚语所说，老鼠看到一只就有十只，蟑螂看到一只就有百只！我已经不想再数下去了！

我从母亲一个朋友那里得到了位于城市另一头一间出租房的地址，房子在城南端，其实我都不知道这里是城区还是乡下，要坐一个多小时的地铁才能到达梧柳洞站。我收拾好了我的拉杆旅行箱、挎包和背包，将所有的物品，床单、衣服，乃至我离开家乡全罗道时妈妈给我的一只小兔子抱枕，全部塞了进去。我黎明时分就出发了，趁着街区尚未醒来，好避开被拖欠三个月房租的房东，还有那个恐怖的追踪者（尽管这个人自雨季以来完全消失了，或许他已经像个阳光下的雪人一般融化掉了）。我既没留下地址，也没留下遗憾地离开了。我感到在艾尔索蒂多我度过了人生中最糟糕的几个月。

我很喜欢这个新街区，因为它有点儿像我们村子的街道，丑陋而笔直，没有花里胡哨的商店，但也没有老鼠窝。那栋砖楼脚下是一条边沿种着病恹恹小树的大街，我的公寓在二层，楼下是一家冷面店，这一点被那位名叫安晓蓉的女房东推介为一个优势："无论白天还是晚上，你随时可以下楼，以我的名义过去，他们便会给你饭吃。你都不用付什么钱。"

尽管在艾尔索蒂多我谁也不认识，始终躲避所有邻居，特别是视财如命的房东，在梧柳洞我却马上就认识了很多好邻居，甚至还结交了一些朋友。他们大多是些卑微的人，除了我楼上的邻居是圣公会大学旁边的一所中学的数学老师。

他们中有一个修鞋匠,他的店铺在大桥边的一个金属集装箱里,另外还有一些酒店公寓的女佣、家庭主妇、在新道林或永登浦的办公室工作的小公务员。因为他们很早出门上班或送孩子上学,上午的时间非常安静,我可以一直睡到中午(我从小就喜欢睡懒觉,因为要去鱼市工作天还没亮就得起床,为此没少跟父亲争吵)。

我也很喜欢我的新地铁站。从合井站开始,二号线地铁就在空中行使,跨越河流,在堂山从高层建筑下通过,在新道林,一号线从地下钻出,从更加平民的街区上方驶过,粗制滥造的三层房舍鳞次栉比一直绵延到梧柳洞,我看到截然不同、风格迥异的街区,现代化楼房、大公园、繁华的街道,随后又是一些盖着钢板房顶的低矮砖房,一直到梧柳洞。到这里,我需要走下阶梯,从铁道下面穿过,我喜欢这个大十字路口和所有这些交错的大街,以及这座螺栓铁桥。我感觉自己仿佛在美国的某地旅行,我想象布鲁克林大桥就该与梧柳洞桥很像,而这些大道和街巷也应该与纽约、与布朗克斯或皇后区的平民街区的街道一般无二。就连梧柳这个名字我也喜欢,它让我联想到东京(另一个我想要探访的首都!)的一个街区名。

我很快就习惯了这一切。我感觉突然间我拥有了从未享受过的自由！我不用看任何人的脸色，远离大姑和她可人的白花！她们绝不会来探望我！对于我在弘大的基础法语课，我跟我的剥削者尹慈协商出了一个解决办法：我继续教授上午的课程，但夜晚我可以睡在她的办公室。一开始她有些犹豫，因为管理层对这种事不太允许，但办公室的保安总是很早就上床去看电视连续剧，这样一来，九点以后整栋大楼就是我一个人的了，如此我便可以冲个澡，使用卫浴设施，而不会有被人撞见的风险。我从西大门市场买了一张地铺床垫，每天早上我将它折叠起来收入尹慈的柜橱里。吃饭方面，楼道尽头的小厨房里有一个微波炉和一个烧水壶，足够我吃方便面、早上上课前喝咖啡了（因为过多的盐和调味料，方便面是最差的食品，也是穷大学生的家常便饭！）。一切都进行得完美无缺，这就是为什么我说我这辈子从没感到如此自由。

我挺喜欢教法语课。大多数的大学生（应该说女大学生，因为在十八个人的班里只有一个男生，还带点女人气）选修这门课是为了挣学分，他们的主修科目是数学、自然科学、物理，甚至还有哲学。我上课的教材名叫《读书的快乐》——一本比起大学生更适合幼儿园小孩的书。此外，还有一些语法练习和晦涩难懂的理论说明。学生们一个接一个结结巴巴地朗读课文，然后改变动词的时态或将句子重新组织成疑问句、否定句和否定疑问句。

Il me semble que le bateau se dirige vers l'île.

Il ne me semble pas que le bateau se dirige vers l'île.

Le bateau, me semble-t-il, se dirige vers l'île?

Ne me semble-t-il pas que le bateau se dirige vers l'île ?①

当学生们埋头研究这些句法问题时,正如我一贯喜欢的那样,我任自己徜徉在这些词语的温柔幻梦里。我想象,比如,那条船在汉江上正随着水流缓缓滑行,没有马达,只有一个男人在船尾举着一把很长的桨,无声无息地划近鸭岛(那是这条河上我最喜欢的岛),在水面平静的倒影中描摹出它的涡流,偶尔有气泡从河底冒出,我想到五十年前赵汉秀先生的母亲带着幼子和那对鸽子渡河时坐的那条船,那时这群鸭子已经在那儿了,它们没有被轰炸吓跑,对它们来说,一架飞机、一辆卡车还是一条机动船应该没有太大区别。

正是在课堂上,在这样的沉静时刻,或是当学生们用生

---

① 我觉得船正向岛屿驶去。
我不觉得船正向岛屿驶去。
我觉得船正向岛屿驶去吗?
我不觉得船正向岛屿驶去吗?

涩的语气阅读课文、试图还原这种语言的音韵——其中要分辨 p 和 b 发音的不同[①]，注意词汇有单复数的变化，需要让舌头在口中置于鼻内孔正下方才能获得极富鼻音的发音——时，我开始在心里默默地讲述一个新故事，为了下次带给莎乐美，为了看见她睁开双眼，听到她逐渐加速的喘息。如此，我便塑造出了这个人物，歌手娜比。

[①] 法语中 b 和 p 的发音均没有爆破，区别仅在于清浊不同，即发音时声带震动与否。

女歌手娜比的故事
二〇一六年九月讲给莎乐美

　　她到首尔的时候年纪还小，我想应该是十二岁，那是个来自江原道省一个叫宁越郡的小城市的漂亮女孩。她的真名叫权香水，"香水"是她命中注定的名字，因为它除了水的香气以外，也有怀旧的意思。从小她除了唱歌从没有过别的爱好。那时她常陪奶奶去教堂，并很快加入了唱诗班，她一边唱着宗教赞美诗一边拍着手、摇摆着身体，信众都很喜欢，特别是男孩子，但她奶奶却十分不满，那是个旧时代的老妇人，严厉专横。

　　"唱歌的时候别这样扭来扭去，你知道魔鬼无处不在，就连上帝的殿堂里也不例外。"

　　但娜比不听。每次赞美诗开始，她就感到音乐渗透全身，在她体内飘荡，只有在这一刻，她的声音才变得高亢嘹亮，盖过其他所有人，直到麦克风前只剩下她一个人演唱，信众随着节奏合着她的歌声拍手，而牧师本人也在钢琴边微微向后侧身，好边听边看她演唱。

　　香水很漂亮，但个子不高，十四岁的她看上去只有十二岁，尽管她的乳房已经让衬衣鼓胀起来。她喜欢穿上漂亮的连衣裙，露出她腿肚丰满的双腿，她学会前挺腰板走路，因为她曾在一本杂志里读到这样能让臀部翘起，还能让她看上去显得更高。在教堂里，兰德尔（这不是他的真名，但他曾在美国生活并给自己取了这个名字）牧师经常这样介绍她："欢迎我们的美腿女孩！"她奶奶虽然不喜欢，但不敢说什么，因为牧师毕竟是牧师，而且兰德尔娶了一个比自己大几岁的女人，对这个灰白头发、大屁股女人，没人敢提出任何批评。据说她是教堂真正的管理者，甚至连她丈夫布道的文稿也是她写的。

　　这座教堂俨然一间大工坊，坐落在一栋现代化高楼的底层，两扇摆门使人感觉更像是要进入一间车库或夜总会。穿过大门，是一间四百个座位的大厅，里面有一个讲台和一面电影屏幕。香水每周日就是去这里演唱。唱诗班由六个男孩和六个女孩组成，都穿着蓝白色制服，只有香水可以在台上穿着她漂亮的连衣裙，或偶尔穿着牛仔裤和白衬衣，因为她是这个节目里的明星。伴着爵士乐的曲调，她用韩语和英语演唱赞美诗，有时兰德尔牧师不弹钢琴，让一个小男孩用电吉他以节奏布鲁斯乐曲为香水的独唱伴奏。

香水只为这些时刻而活。只要登上讲台,她就感觉自己像是换了一个人,一个截然不同的人,一个女人,不再是个受人支配的孩子,而是一个知道自己想要什么、领导别人、能够让别人尊重的女人。当她唱完,整个大厅都热烈鼓掌,而这令她奶奶不快,她说:"总不能忘了我们是在什么地方,这儿可不是夜总会!"

香水的奶奶对兰德尔牧师的评价很低。所有人都知道那是个卑鄙小人,他之所以获得了这个职位,是因为他曾给原来那位牧师——一位高尚、天真的老人当助手,而且他还出钱以获得社区有影响力人物的选票,特别是那些容易被他的魅力和礼物诱惑的上岁数的有钱寡妇。

香水的奶奶人很严厉,却对自己的孙女很慷慨。她试着弥补香水母亲犯下的罪孽,香水母亲丢下丈夫和女儿跟另一个男人跑了。香水的父亲也是个无赖,一个色鬼和骗子,为了赌马或给自己的临时女友买香水,他肆无忌惮地从教堂金库里拿钱。但香水奶奶对他十分宽容,因为那是她的小儿子,她的幺儿,她便听之任之。她就是这样将自己的爱转移到孙女和教堂事务上,而香水的婉转歌声和美腿吸引了新的信众并没有令她不快,恰恰相反,她认为一切都应该为主耶稣服务。

在那个时期，香水住在奶奶家，与姑姑、姑父住在一起，她的姑父是个暴躁、凶恶的小个子男人，但一家人都服从老奶奶，如此这个家庭看上去一切正常。就连香水的父亲知释——他给自己取的名字叫杰克·捷普，一个与他的赌博业务十分匹配的名字——的生活也给人以正常、规矩的错觉。每天一早，大家都在与教堂相连的房间里吃早饭，香水的奶奶给每个人下指示。然后，香水出发去临近的学校上学，她在那里艰难地读完了初中。她并不讨厌上学，但同学们聊的东西在她看来与她的生活如此遥远。她们谈论的是购物、化妆、与男孩子的邂逅、体育比赛或电视连续剧。尽管香水奶奶家有一台电视机，但仅限于收看基督教录像片。香水在里面看过的最神奇的影片——她也很喜欢——是电影《纳尼亚传奇》，她奶奶给她解释了故事隐含的信息，里面的狮子代表了主耶稣，以及真正的基督徒需要进行怎样的战斗才能在不信教的人群中找到正路。

正是在此时，香水遇到了她人生最大的机遇，让她从此走上歌手道路的转折点。命运以一封信的方式降临，一个音乐制作团体要从民间挑选新人录制宗教主题歌曲，兰德尔牧师将香水叫到了他的办公室。他尚未对其他人说起这件事，但如果香水愿意，她可以成为这家音乐公司所寻找的歌手。年轻的香水感到自己的心猛烈跳动，兰德尔所说的是她期待已久却又不敢相信的事，某一天她的时刻会到来，她将可以全身心投入到她这辈子最钟爱的事情中去。但同时，她又犹豫不决。她奶奶会同意吗？在教堂为信众演唱是一回事，但为了挣钱对着制作人演唱又是全然不同的另一回事。她站在这个高大男人的面前，双手握在身后，手指交叉只愿自己能扭转命运。她不知如何作答，感到自己的脸红了，又因为让别人看出来而感到羞愧。

第二天，试唱是在位于城市另一头的杰里科音乐制作室进行的。香水乘地铁赴约，在大楼的入口，她在一小群人中间认出了兰德尔牧师。一个优雅、稍显高傲的女士陪她进入了录音棚。作为试唱，在兰德尔的同意下，他们选择了一首英语赞美诗，一首香水并不熟悉，但曾在广播里听到过的歌。歌词是：

King of all days

Oh so highly exalted

Glorious in Heaven above

[…]

Here I am to worship

Here I am to bow down…①

---

① 所有时代之王／哦，受到如此崇高的赞美／荣耀地在天堂……我在此供奉／我在此叩拜……

香水深吸一口气，撅起臀部，开始用更加低沉的嗓音清唱，接着音乐的节奏将她带动起来，她边唱边摇摆，闭着眼睛，仿佛她正站在教堂的讲台上面对观众，

Here I am to worship

Here I am to bow down…①

当她唱完，睁开眼，所有的技术人员、那位优雅的女士，以及兰德尔牧师都在看着她，她从他们的目光里明白她中选了。她激动得发抖，以至于签完合同后她不得不在牧师的搀扶下离开音乐室。这一切就好像她在一个崭新的世界、一个崭新的太阳下重生了。她急不可待地要把这个消息向奶奶宣布，但当她对她提起签合同的事时，她奶奶却不以为然：

"一个十六岁的女孩怎么能签东西呢？这真是太可笑了。还是把这张纸撕了，别再想这事了。"

随后的几个星期对香水来说十分难过。她不敢乞求老太太，但歌手新生活的想法没日没夜地在她脑子里打转，特别是夜里，直至晕眩。

兰德尔决定要让这位严苛的老太太改变主意。"这是为了宗教，不是为了好玩儿，"他说，"这是上天赋予的礼物，

---

① 我在此供奉／我在此叩拜……

没人有权将它没收。"最后，奶奶妥协了：香水可以继续录音，一周两至三次，但这不能影响她作为基督徒的义务和她的学习。这天，兰德尔将香水召去他的办公室向她宣布这个好消息。这是一个工作日将近中午的时候，这个时间楼里没有任何人。香水的心狂跳着去赴约，因为兰德尔牧师已经向她暗示自己得到了她奶奶的许可，她将可以继续录音，并成为杰里科的女歌星。然而，她所不知道的是，这个男人已经为她设下了圈套。

"走近点儿，小姑娘。"她进屋时兰德尔对她说。房间被午后的太阳晒得闷热，红色窗帘遮挡着窗户。在封闭教堂的寂静中，有一种令人兴奋的昏暗。香水听见自己的心脏在胸腔里跳动的声音，她的双手僵硬地攥在背后。"走近点儿，你不该害怕我，我们都认识那么久了，不是吗？"

他为什么这样说话？他的嗓音有些怪异，这不是兰德尔牧师每周日对信众宣教时洪亮的嗓音，也不是他为圣歌伴唱时——拉长 a 和 o，或在 tch 和 kkk 上发音过猛——柔和绵软的嗓音。他此时的嗓音是一种有些尖细的喘息，从他咬紧的牙缝中吹出，仿佛他正在低声透露一个秘密。香水听着他说话，动弹不得，尤其不能像牧师对她说的那样靠近他的办公桌，但她也无法后退，她感到自己的双脚仿佛被固定在地面上，钉在了办公室的木地板上。她就这样站着，几乎没有呼吸，眼眸低垂，等待接下来不可逃避的情节，就像身在噩梦中一般。

"香水，香水，我无时无刻不在想你，你是我的美腿女孩，照亮我黑夜的女孩，你知道吗？"

兰德尔牧师没有离开他的办公桌，但他庞大的身躯向前探出，渐渐离开座椅，距离香水只差几公分，她没看到却感觉到，她觉得这个平时直挺挺、冷冰冰的男人此刻变得像一条蛇，在桌面上扭曲着葡匐滑动，他的脸靠近她的肚子、胸部，她感到牧师说话的同时他温热的喘息吹在她的上衣和裙子上，但她听不见他的话语，听见的只有一些不断重复词语的嗫嚅声，她名字的哨音，一些持续、低沉的音调，呻吟和沉默。

"美腿，美腿……"那个嗓音说，香水自问他说的是她吗？是她的腿吗？是她的身体吗？现在她看着他，发现在他前额、头发稀疏的地方和他荆棘丛一般的眉毛上方结出的小汗珠，她看到他眼皮上部，有些发灰、带着皱纹，还有他身体的其他地方，白衬衣皱巴巴的领口，撑在桌面上的双臂，他的手像两只肌肉发达的深色动物向前移动着，上面是如树枝般漫布的血管。这双手抓住了她的腿，并缓慢向上攀行，朝禁区伸去。

我停了下来，看着莎乐美，她的头歪着，好像她的脖子支撑不住头的重量，她面如土色，闭着眼。当我停止讲述，她睁开眼，看着我，我不知该从她的目光里解读到什么，是恐惧，还是气愤。她在想什么？她觉得我应该给她讲童话故事吗？编造一个蓝色的国度，一个公主？我的姑母美京以前总是一边抚摸着我的头发，一边讲她的那些食尸鬼和猎狗、长发女鬼和巫婆的故事，彼时我感到的是一种快乐的战栗，仿佛我从一扇禁闭的门中窥见一个与现实生活的表面如此贴近、几乎伸手可及的晦暗凶邪的世界，这就是我想带给莎乐美的感觉。

"后来呢，讲啊，拜托你，姐姐！"

莎乐美叫我姐姐，就像我当初叫美京时以一种小女孩娇气的声音叫出，我豁然明白她变成了我的什么，一个依赖我的词句和幻梦生存的人，我的小妹妹，我塑造的人！不知为什么，这个本该令我满足的发现反而令我感到心绪纷乱，带给我某种晕眩。我们的角色一下子对调了，原本作为她仆人、雇员、获得她带着尊贵老太太头像的五万钞票佣金的我，此刻变为她的主人，她必须在想象的蜿蜒河曲中盲目地追随我，完全听凭我词句和欲望的摆布，我拥有继续或中断这源流的权利，而这源流能够延长她的生命、推迟死亡的到来。

太阳已在红色窗帘上西斜，这窗帘始终关闭着，因为莎乐美的病令她无法见光。她曾说起日光在她眼睛深处引起的刺痛，于是我在梨大时尚街的一家药店给她买了一副蓝色墨镜，她试了试便放在了旁边的桌子上，现在墨镜已经不知去向。对此，她没说什么，但我明白她不想掩饰自己，她想要独自面对自己的问题。

那天在兰德尔牧师办公室发生的事是香水不幸遭遇的开始。她对谁也没提起，尤其瞒着她奶奶，但她从第二天起便不去教堂了。她没解释缘由。当奶奶对她说："香水，孙女，你的位置在唱诗班里。"她默不作答，朝别处看去，她眼神里透出的悲哀和封闭令她奶奶无法坚持。随后，她开始接触一个乐队，乐队的成员都是比她大几岁的男孩，他们晚上在一家俱乐部演奏摇滚乐，她便成了他们的女歌手。乐队里的中音吉他，一个名叫大卫·崔的高大男孩对她说："如果你加入乐队，你就得给自己取个艺名。"这正合她意，因为她早就不想保留这个小女孩的名字了，她选了一个昆虫的名字，娜比[①]。一开始，她想叫穆当博雷[②]，因为她喜爱这些有时落在人手上随后又径直飞上天空以完成某个秘密使命、带着红点的小虫子。但娜比更短些。而且她也想到瓢虫很脆弱，轻易就会被蜘蛛网捕获，而且蜘蛛是香水最心仪女歌手的艺名。如此，从今以后，她就是并将永远是娜比。

[①] 娜比在韩语中的意思是彩蝶。
[②] 穆当博雷在韩语中的意思是瓢虫。

我讲累了，莎乐美也听累了，我可以从她沉重的目光中看出她的疲倦，她的眼皮是土灰色的。这次没有茶，我没有勇气去烧水、等待、将水倒在萨拉姆茶壶里的纸包上。也许娜比的故事吞噬了我们的精力，也许这是一个没人想要听到结局的故事。

我不辞而别，既没有跟莎乐美说再见，也没有跟坐在厨房里的护士打招呼，她当时正在忙着在手机上点来点去。一切是不是等得太久了，毫无希望？就像莎乐美的生命，至少像她余下的时间。我的女友俞莉在延世医院做实习医生，以完成流行病学专业的学习，她曾对我说起过复杂性局部疼痛综合征（SDRC），这种莎乐美罹患的疾病，一种令人费解的绝症，它逐渐关闭所有的生命能量，就像一朵花慢慢枯萎。日复一日，一个接一个不眠之夜，所有人体功能都消失殆尽，除了大脑、想象、担忧、对幸福的憧憬或怨恨、嫉妒、恶毒的阴谋。人好像变成一艘在茫茫宇宙中漂流的太空船，不受大脑指挥却将目睹自己的毁灭。俞莉说："辰辉，这不是一种病，而是一个诅咒。"这个词令我震惊，但我明白，俞莉笃信宗教，一个所谓的末日信徒，她记得约伯的故事，他在粪灰中痛苦地忍受着无名疾病的啃噬，因为这是上帝的意愿。我知道人要谦卑，承认自己的渺小，放弃反抗和生活。然而我更偏向佛教，尽管我不太相信转世再生，我认为生命是我们沉浸其中的海洋，死亡则将我们一同卷入另一种我们未知的形态中。我还认为我们都彼此联系，孩子与父母、父母与他们的后代，尚未出生的人触及今天在世的人，并向已经去世的人伸出手去……

"姐姐，我真怕你不会回来了……"

莎乐美想在轮椅上坐直，却让背后的靠垫滑落下来，试图抓住靠垫时她那条不顾台风后的闷热依旧盖在腿上的花格被单也滑落下来。我看见了她的腿，两条苍白干瘦的腿以赛马骑手的姿势弯曲地叠在她身下，仿佛她在一匹无形的马上骑行。我像个大姐姐一样轻轻地将被单盖回她腿上，我看到莎乐美的手从轮椅扶手上抬起，好触摸我的面颊，轻抚我的头发。

"咱们得结束这个娜比的故事，这故事实在太悲哀了！"

她用表面轻快的口吻说出这句话，但难以掩饰被焦虑压抑的声调。

我用同样的口吻回答：

"对，把它讲完吧，然后我就可以结束那个妄想杀人犯的故事了，然后我还可以讲两条龙的故事。"

莎乐美在心中鼓起掌来：

"对，对，拜托了，我太喜欢神话故事了！"

莎乐美是不是教训护士了？王（这是她尊贵的姓氏）女

士走进客厅时端着一个托盘，上面摆放着萨拉姆茶壶、茶杯和几块从 Tous les jours 购买的小饼干。莎乐美是怎么猜到我从昨天起就因为没钱一直饿到现在？或许凭着痛苦中的人特有的狡黠，她明白我今天回来是为了结束昨天开始的故事，好领取为每个故事设定的那五万元可爱的钞票。

现在娜比过着与她曾经熟悉的一切迥然不同的生活。她离开了奶奶家，一天，不曾告别她便从一楼的窗户跳了出来，跑到了街上，没行李，没钱。她在乐队男孩们的录音室住了下来。是大卫·崔邀请她住进这个位于南城区教大地铁站附近小巷里一栋楼的地下室。他们为她买了一张地铺床垫，又将屋里的家具和电子设备都推到墙边，房间在半层的地方设有一个盥洗池和厕所，这里温暖而安静，仿佛一个蚕茧。

每天晚上，娜比醒来，迎接男孩们的到来，他们弹奏乐器，娜比唱他们写的歌，然后，她也创作出歌词、曲调，现在换成他们演奏她的歌曲。这是她生命中最珍爱的时光，音乐声充满了小音乐室，在墙壁和天花板之间撞击，试图冲出屋去。她喷射出那些歌词，或高声叫喊，或嘶哑低吟。大卫·崔告诉她她有着性感、深沉的嗓音，他希望娜比歌唱的同时能够舞动起来，这似乎是大众对摇滚女歌手的期待，但娜比决定站着不动，保持挺腰撅臀的姿势，白衬衣、牛仔裤是她的固定装束，而且现在男孩们也这样穿了，他们将休闲短裤、百慕大短裤和花哨的T恤换成了黑牛仔裤和长袖白衬衣。他们把名字也改了，他们不再叫祭司、德克斯特或序曲，他们甚至不叫白衬衣黑仔裤，他们叫娜比，如此简单，他们打出她的名字，他们为她演奏，他们为她而活。

莎乐美很喜欢故事的这一段，她目光炯炯，呈现出艰难的微笑，可以看出她正想象那间小音乐室、奔涌激荡的乐曲、在墙上碰撞的鼓声，和一动不动站立于房间中央的年少的香水，她乌黑的头发在天花板上悬挂的光秃秃灯泡的照耀下闪闪发亮，她那比音乐更加震撼的低沉嗓音释放着词语，不连贯的词语、自由的词语，这些词语的力量大过行动，大过死亡……

而后，对她、对娜比组合来说，一切都进展得极快。
杰里科女歌手的传奇开始在网上流传，男孩们趁此机会联系了巡演经纪人，在江南区的俱乐部、公共节日庆祝会、新村站商贸中心前搭建的舞台上、在仁川多次组织私人晚会、演唱会。一名摄影师注意到了她，那是个有了一定年纪、有些非主流的男人，他在汝埃岛拥有一间名叫"地下珍珠"的工作室。为了她，他将自己的工作室改装成了一间鸟屋（当然是娜比的名字激发出了这个灵感），屋中五颜六色的鸟儿和蝴蝶在盆栽玉兰的枝叶间自由飞舞。娜比从没想象过这样的幻景，她觉得自己仿佛是在梦中。南吉拍摄的照片令人震惊，她的脸被放大至一整面墙的尺寸，她那瞳孔放大的眼眸好像映照出一汪平静的海洋——为了让瞳孔放大，他让香水喝下一种用红曼陀罗花制作的奇怪饮料，在拍照结束后她的幻梦还持续了很久……但南吉是个很温柔的男人，胖乎乎的就像一只大猫，或者一只毛绒熊，娜比整个下午都蜷缩在他的怀里，让他在耳边低声诉说那些动听的话。这是她生命中很久以来不曾有过的甜蜜时光，上一次还是与表姑美京一起听她讲巫婆和狼人故事的那些夜晚。

莎乐美专心地听着每个词，仿佛这是她自己的故事。她知道这些都不是我编的。我从不会编故事，最多只是把名字换了，想象出各种地点。但她当然无从知道我有个姑母也叫美京，而且她最擅长吓唬小孩的艺术。她说：

"这个摄影师，南吉，是朋友吗？"

"不是，"我答道，"他是头狼，就像其他人一样，就像兰德尔，娜比是他的猎物，就像她是'追踪者'的猎物一样。你知道《圣经》里的那句话，就像扔到狼群里的一只羊羔，这就是她的命运。这就是为什么她奶奶不想让她开启歌手的生涯，远离教堂，她奶奶很清楚等待她的是什么，然而她无法阻止，娜比必须走完自己选择的路。"

我说出这番话时好像看到莎乐美打了个寒颤。我知道，对她来说，故事不仅仅是故事，也是撩过她身体、灼烧她皮肤的感觉，穿入她关节的针刺和从她眼后涌起的阵阵绞痛。她乞求得到却又因这些故事所带来的痛楚而恐惧。我好像透过她小臂的皮肤听到她心跳的声音，从她后仰的脖子上看到她咽喉处的脉搏悸动。

但我还是要义无反顾地继续下去，即使我讲给莎乐美的每个故事都将夺去她的片刻生命。

就这样，香水作为娜比成名了，她也成了摄影师南吉的情人。这让男孩们很不快，因为他们三个人都爱着她，尽管他们之间的关系从来都只限于调情而已，在两次演唱会之间，一次跟这个，另一次跟那个，或者有时跟三个人一起，在俱乐部的夜晚，在闷热和闪电一般的聚光灯中。与南吉在一起，一切都更加平静，第一次是在他的工作室，在攀缘植物和飞鸟中，他解开她的上衣，亲吻她的乳房，他们轻柔地做了爱，她没有达到高潮，但她很喜欢与他身体亲近的感觉、他皮肤上的麝香气味、他散开后遮住脸的长发。而后，娜比的照片出现在各大杂志上，先是在首尔，接着在美国，包括《时尚》《时尚先生》《福布斯》，然后几乎同时在世界各地刊出，在墨西哥、英国、法国。现在经纪人不需要再为"黄金时段"去讨价还价，她已成为演出节目的座上客，她是主角、头牌，而且南吉已经解雇了经纪人，他自己成为制作人、保护人，或许还有牟利者——这是男孩们的说法，他们很快也尝到了被解雇的苦楚，并被南吉为每场演唱会选出的乐手取代，这些乐手不再是业余爱好者、孩子，而是饱经风霜、名声在外的真正音乐家，以及曾在洛杉矶、纽约工作过而不是来自新村某个用鸡蛋盒隔音的小地窖的音响技师。

现在，娜比不再自己写歌了，她曾试着要求将自己写的歌加到演唱曲目里，但南吉对此绝无妥协："娜比宝贝，"他对她说，从不高声说话，他总是那么温柔，他轻抚着娜比的头发，仿佛是她的哥哥，而不是她的情人，"我知道什么东西对你是好的，儿歌小曲的阶段已经结束了，你现在要开始真正属于自己的人生了，你是个伟大的歌手，你要进行环球巡演，把伦敦、纽约、东京所有的场子都填满，这里所有人都会追随你，所有人都会喜欢你，这是怎样的逆袭呀！你，一个没有妈妈、在教堂唱歌的小女孩，你，这个受人欺负、遭人歧视的女孩，你，这个为了逃离厄运而离家出走的女孩。"

听着他的话，香水感到泪水夺眶而出，流淌在面颊上。这是她首次感到一直以来扎根于她内心的悲伤，这悲伤令她咽喉梗塞，在胸中打成了结。南吉轻柔的话音流进了她的心里，将这些结扣一个个解开，释放出她记忆中深藏的水，这水又从她的眼中溢出。

摄影师的话是事实：现在香水再没有一刻空闲了，她每天都要为巡演做准备，还要录唱片，去电台和电视台做节目。她不能再像以前那样，随便找地方住了。南吉为她找到了一套公寓，在河边一栋高楼的第十三层。他将公寓简单装饰了一下，摆了一张床垫、一套人造革沙发和一台大屏幕电视。公寓楼的好处在于住户的匿名性，楼里的人谁也不管谁，楼门由密码保护，而且还有一个看门人。看门人是个退了休的警察，能够起到威慑闯入者和好事者的作用。看门人很快就对娜比产生了友情，她每次进出时，他都会礼貌地问候她，而她也会报以可爱的微笑。她感到人生中前所未有的自由、幸福，心里满载着音乐的旋律，享受着南吉周到的呵护。她觉得自己就像一只备受宠爱的小动物，像个温柔、爱做梦的娃娃，她有时会连续几个小时坐在大窗子前的床垫上，遥望闪闪发亮的大河。她偶尔回想起往昔，怀念过去的日子，尤其是那三个男孩的陪伴。她很少听到他们的消息，有时他们会在演唱会的出口等她，在便道边上挤在那些看到娜比就尖叫的歇斯底里的小女孩之中。他们试着要跟她说话，但那些保镖将他们推开，南吉拽着娜比的胳膊将她引向便道边停靠的豪华轿车。他们想对她说些什么？她全然不知，但这一切令她内心感到刺痛，仿佛他们是来自她前世的信使，他们知道她所不知道的事，仿佛是来向她对某个危险提出预警。

她对南吉提起过一次，但南吉用一个粗暴的手势扫除了这个念头："别想这些，娜比，他们已经不再重要，我甚至要对你说，他们嫉妒你的成功、你的钱，他们想要让你把收入分给他们，我知道他们曾打算找律师追讨他们的版税，这就是为什么我告诉你不要再唱那些老歌了，他们可贪了，一心只想吸你的血！"这个消息令娜比心痛不已，她不能相信那几个曾经帮助她、对她好的男孩几年中竟发生了如此的变化。一时间，她感到在生活中极为孤独，尽管她巡演时总有人群追捧，尽管她邂逅不少记者和制作人，尽管有南吉的小礼物和关心，她却仍感到孤独。唯一一个与她保持着正常关系的人是住在大楼入口楼梯下一间小房间里的那位老警察。她不知道他的名字，但她有时在傍晚时分空闲的时候下楼，待在那里跟他说说话，他跟她讲起自己的人生，战后的日子，他提到背着他在炮火下渡过大河的妈妈，他还给她看了一张他在网上找到的照片，照片是由一名美军士兵拍摄的，上面可以看到一个乞丐一般衣衫褴褛的女青年，脚边放着几个破布包裹，她背上绑着的一条披巾里是一个眼睛因饥饿和恐惧变大的小宝宝，他剃了光头，鼻子上满是鼻涕，嘴巴黑乎乎的沾着尘土。"这就是我和我妈妈，我们已经穿越了三八线，正往南走。"包裹上还挂着那个有洞的小袋子，里面装着那两只信鸽，但他没跟她提起。

在那个女人的身后可以看到被炮弹炸得伤痕累累、千疮百孔的背景。还有娜比立刻就认出的大河。她不确定看门人说的是事实，那照片上的真的是他和他妈妈，但这一切让她心绪不宁，随后，当她回想起来，她会潸然泪下，因为这让她想起自己的母亲，那个当她还是婴儿便将她抛弃、与另一个男人私奔的母亲。

听着这些话，莎乐美可能也被感动了，因为这与她的故事有几分相似之处。她的父母为了逃避一种不治之症而决定自杀，将所有财产留给了他们的女儿——现在轮到她患病，面对在不远处等待的死亡。

另一个人走进了娜比的生活。一天，南吉将她介绍给娜比，她叫金玉美，二十三岁，有着一张微长的脸和留至腰间的顺滑黑发。她将是娜比的助理，负责组织她与媒体的会面和她的日程安排。她轻声细语，害羞腼腆，总是退到一边，躲在南吉的身后。不消太久，金玉美便成为娜比不可或缺的伙伴，是她与世界之间唯一的媒介。金玉美成了她的闺蜜。在演唱会间歇期，金玉美每天会花时间留在娜比身边，陪她去餐厅、去购物。她话不多，更愿意听娜比说。一开始，她叫娜比太太，好像娜比真的比她大很多似的。娜比抗议说：

"如果你愿意,可以叫我姐姐,但我不是你的女主人。"为了帮她适应,娜比叫她妹妹,但金玉美顶多只能回答:香水小姐。有了她,香水的生活发生了变化,她不再长时间坐在床垫上看窗外了。她等着玉美的电话好出门,她们结伴坐出租车,去商贸中心购物,或在弘大的小餐馆里吃手抓零食,有时她俩甚至去夜店听嘻哈音乐。那段时间,娜比获知奶奶身患重病。她们已经多年没见了,老太太一直不认同香水选择的生活,每次香水试着与她联系,都被生硬地回绝。令她感到安慰的是,香水从一个表亲那里听说丑闻终于曝光,兰德尔牧师在对唱诗班的一个小女孩性侵的时候被人发现,女孩的父母因害怕声誉受损而没有报警(当然是迫于社区的压力),但那个无耻之徒已经被打发到很远的地方,去了西非或越南,从此销声匿迹。他的大屁股妻子跟他离了婚,又找了一个新丈夫,一切都重回正轨。但香水却因为被村里人排斥、背弃而感到深深的苦涩,好像做错事的是她一样。于是,当她奶奶给她发来一条信息,要求见她时,娜比没有迟疑。负责安排这次会面的是南吉和玉美。他们背着娜比决定将这次重逢转变成一次新闻事件。这将是一场在教堂举办的赞美诗和圣歌演唱会,呈现在信众和精心挑选的媒体摄像机的注视下。

仪式在一个临近圣诞节的冬日夜晚举办。城市刚下过雪,节庆的彩灯都点亮了,教堂里摆放着圣诞树和成堆的礼物，树上满满当当地挂着棉花球。娜比登上那个旧日的她以直筒裙或膝盖破洞的牛仔裤和篮球鞋出现的讲台。但为了这次演唱，南吉为她准备了一条紧身红色连衣裙和带亮片的高跟鞋。娜比发现第一排的一个座位是空的，她好奇谁会坐在那儿，接着她看见自己的奶奶在两个女人的搀扶下走了过去。老太太穿着一身黑衣，头上新烫的紧密鬈发好像一个头盔，她精细地化了妆，好掩盖苍白的脸色。她缓慢地走到自己的座位，直挺挺地坐下，看着香水。那是诀别的目光，但老太太没有任何情感流露，没有微笑，以冰冷的眼神与她的孙女对视。娜比像以前一样演唱，她几乎静止不动，挺腰撅臀，先清唱了一首歌，然后乐手们拿起吉他，鼓手开始敲鼓，整个大厅都兴奋起来，跟着她一同唱起赞美诗，Here I am to worship，Here I am to bow down，伴着娜比歌声的节奏拍着手，最后，在一段冗长的沉默后，当娜比慢慢用她略显嘶哑的深沉嗓音唱起《阿里郎》，观众的热情像潮水般涌起。

然而，一切就此截止，没有相聚，南吉的指令十分明确："你结束演唱后走下讲台，直接从后门离开，玉美将在那里接你。"他无需做出任何解释，因为最后一首歌曲的节拍刚刚停止，老太太就起身离座，在护士的搀扶下，头也不回地朝大厅后方走去。"娜比，如果她想见你，她知道在那里能找到你。"但老太太似乎丝毫没有原谅她，因为自从圣诞节那次见面后，就没有任何后续的消息。将近二月时，从一条手机信息上香水得知她奶奶已因脑中风死去。连她自己都惊讶，她对此竟然没有什么感觉，除了一种空洞的声音，仿佛上次教堂庆祝会的余音还在她脑子里回响。

这个冬天，香水听说一直被她当做闺蜜、称呼妹妹的玉美，成了南吉的情人。她也从银行获悉，她所有账户都被清空，一分不剩了。她租住的公寓已经拖欠了六个多月的房租，产权银行已经启动了驱逐程序。在冬末，四月份时，香水必须搬走。无处可去，她一想到即将被迫改变生活方式、面对现实的艰难就不寒而栗。她在近五年中都像个机器人一样生活，在舞台表演的喧嚣、与不断翻新乐手的排练和在这间公寓等待玉美探访的孤寂之间切换，而玉美的探访也渐渐稀少，现在她明白原因了。至于南吉，他的温柔、体贴一如既往，偶尔他们甚至会在空荡荡的公寓做爱，然后他会匆匆离去，仿佛是有公务约会，或要回到妻儿身边。一天，他甚至左脸上带着一条长长的抓痕出现在娜比面前，他将此归咎于野猫，但娜比意识到了那是玉美的印记，她将抓痕留在她情人的面颊上为的是让大家都知道真相。这一切就像一条邪恶的锯子在她脑海里拉扯，像一种嫉妒和鄙视的刺耳声音挥之不去，比她为了睡着而喝下的一瓶瓶烧酒更毒害着她。随着玉美和南吉的背叛，娜比的光环也趋于暗淡。媒体对她渐渐厌烦了，或者他们找到了一个更年轻的摇滚女歌手，她身着超短裤和闪亮紧身西装上衣,头发染成红色,并由此得名红发安妮(源于动画片)!寂静渗透进娜比的生活。现在,她几乎不出门,憔悴地蜷缩在窗前,或幻想自己飞走了,飞到山的另一边,飞到赵先生和他的妈妈很久以前离开并计划返回的家乡。现在只有赵先生一天来一次,给她送来吃的,不是山珍海味,只是装在双层饭盒里的自己午餐的一部分,米饭和泡菜、骨髓汤、一块咸带鱼。他明白娜比不想说话,他将饭盒放在门前,按下门铃,便走开。这是她生命中仅存的一点人性温度。

这是一个故事的结局,她知道,即使我希望它是另外一个样子也无能为力。莎乐美微向前探着身,脖子上的筋腱凸出,我从她喉咙两侧的皮肤表面看见她颈动脉的血流脉动。

"继续讲,拜托你,辰辉。不要像以往一样没讲完就停止。我要知道娜比的一切,我必须知道,你明白吗?"

这不是拿钱办事的问题,我想如果我可以让时间倒流,还给她那些五万元钞票,忘记最近几个月为我购买食物、支付房租的那位金色老妇人稍显诡异的微笑,我将毫不犹豫。

"拜托了,拜托了。"莎乐美用一种任性小姑娘嗲声嗲气的低能儿声音重复着,同时她前后摇晃着身体,为此做出的艰难努力令她攥住轮椅扶手的手指发白。

这是在黎明时分发生的，我说。黎明对痛苦的人是最残忍的，因为夜晚让位于白天，而他们却没得到片刻休息。香水走到公寓的小厨房，或者不如说她是盘着腿坐在地上移动到了厨房，也许酒精和药品令她无法站立，或者她不想从窗子、客厅橱柜的镜子和关停的电视屏幕里看到自己的影子。她手里拿着这个她以前从没想到过的东西，一个金属衣架，就是那种干洗店将烫熨平整、扣子从上到下全都系好的裙子交付时带的那种。衣架在厨房的地面上剐蹭出难听的声响，楼下的女邻居可能又该抱怨了，她总是发牢骚说头顶上有响声，高跟鞋、洗碗池里的餐具，或者当人猛地坐进瘸腿沙发时发出的声音。娜比努力提起衣架的挂钩，但她的胳膊没有足够的力气，那个铁东西掉落地面，发出了更大的声响。传说人死的时候，不会感到疼痛，恰恰相反，喉咙会感到蜜一般的甘甜，芬芳的烟雾充满胸膛令人陶醉，脑海深处打开的那扇门如同天堂的入口。接着，灵魂从皮肤的毛孔、眼睛、耳朵、头发和鼻孔逸出，散布在风中，随着海浪漂流，穿越长满芒草的平原，掠过荷叶，融入像飞龙一般轻盈的云中，直到它遇到一个可以结合的形态，一个生命体，一棵草，一棵树，一只蜻蜓，或一只猫。

"对，我明白，就是去美发店的那只猫，是凯蒂！"莎乐美又变成了一个小女孩,她的面庞焕发着微笑的光芒,也许她体内的疼痛有了片刻的停歇。

不知为什么,她的愉悦令我如此难过。我猛然站起身,好结束这田园牧歌式的谎言。

不,莎乐美,死亡是丑恶的。当赵先生在多日后发现门前的食物原封不动摆放在原处并开始招引虫子而进入了公寓,他闻到了气味,明白发生了什么。他借助自己的万能钥匙打开门时惶恐不安。但他毕竟是个警察,于是他继续在这间寂静的小公寓里行进,直到看见娜比吊在厨房窗子的把手上,那条挂着她脖子的绞扭铁丝嵌入了她的肉里。他慢慢地卸下那已经冰冷、僵硬的尸身,平放在厨房瓷砖地面上。他只是轻声说,仿佛害怕惊醒娜比:"为什么?为什么?"

我离去的时候没有对莎乐美和配膳室里的王太太告别。我想很快我将获得自由,不必再讲这些故事,在这个只在乎当下和活人世界的大都市,我将开始为自己而活。

两条龙的故事
二〇一六年十月底讲给莎乐美

"这是个故事但也不是个故事,"我开始讲道。莎乐美用她热切的大眼睛看着我。"是啊,一个讲出来的故事怎么会不是故事呢?"

"如果是真事的话。"莎乐美说。

"对,当然,但如果你不信,真事也可以是谎言,而如果我讲得好,谎言也像是真的。"

"那,这到底是什么?"

"好,我来告诉你。首先你得知道这个故事里的人物都不存在。"

"因为都是你编的?"

我让等待持续。我想让她明白,即使所有的一切都不存在,却也不是编的。我希望这就像是帮助她活下去的一首小曲,对她来说如此轻盈,一首没有歌词的小曲,一缕在朝大街打开的那扇窗户与王太太坐着的配膳室大门之间在她脸上拂过的穿堂风。

"我跟你说了,我什么也没编。这就是为什么我把这两个人物称为'龙',北龙和南龙。可以肯定的是,它们真实存在,但没人能看见它们。我不打算描述它们的外貌,因为它们是隐形的。它们就像云,就像海面上的倒影,就像你能听见却看不见的雨滴。"

"那我怎么能确定它们存在呢?"

"因为它们是古老的,比你我更古老,它们在这座城市、这个国家建立以前就已经存在了,因为你和我,我们只是世界历史中的一瞬,而它们,这两条酣睡的龙,却从一开始就存在了。"

莎乐美闭上眼睛,头靠在轮椅仰躺的靠背上,双手平放在扶手上。她任凭自己进入梦境,仿佛要入睡了一般。

"你还记得小娜奥米的故事吗,就是老汉娜在善牧育婴堂门口发现的那个女婴?"

"对,我记得,那个故事没讲完,是吧?"

"不是没讲完,"我说,"但这个故事还在继续。"

"那就给我讲讲她后来怎样了,她跟首尔的两条龙又有什么关系?"

我在开始讲述前并不知道,但现在一切都变得明朗了,每个故事都与另一个故事相关联,犹如在同一节地铁车厢内的乘客，在不自觉的情况下注定在某一天将在首尔这座大城市的某个地方相遇。

"她长大后变成了一个很有意思的小女孩，也许是因为她没有亲生父母。"

"就像我一样，"莎乐美轻声说道。

尽管汉娜很爱她，她从没叫过她妈妈。她看上去是个正常的孩子，偶尔也会使性子、陷入绝望的哭闹中，但她的养母渐渐发现她有一种别的孩子所不具有的能力。她能看见周围人看不见的东西。那时，汉娜已经不在善牧育婴堂工作了，因为她对夜班感到疲惫，或许还因为她害怕别人意识到她偷走了一个宝宝。这些婴儿太多了！他们每个月一来就是十个、十二个，要找到收养的父母变得越来越困难，特别是对于那些出生就有缺陷的孩子，那些失明、白化病或唐氏婴儿。如此，娜奥米的消失没有引起太多的担忧。当日班的护士问到汉娜，她镇定地扯谎道：

"她当然是被一个家庭收养了。"

"什么时候？"

"上个星期，那家人很好，都在政府部门工作，家住在南山。他们签了文件，还给育婴堂捐了款呢。"

一笔捐款，这扫除了所有疑虑。然而当汉娜离开孤儿院时，她搬了家，以确保不会有人再来追问这件事了。为了抚养小娜奥米，老汉娜重操旧业，在附近一家小餐馆里当起了厨娘，餐馆位于离钟路不远的一栋大楼的地下室。娜奥米在小区的学校上学，她现在学会了读书、写字，还会唱歌。她会用优美的嗓音演唱儿歌和一些英语歌曲。但在某一天她所具有的秘密能力显露了出来，当时她正与养母在钟路上方的山丘散步。她指着一棵树，一棵孤零零竖立在岩石陡坡下的大树。

"有一个女人在看我们。"

老汉娜睁大眼睛。

"在哪儿？我看不见。"

娜奥米坚持道：

"就在那儿，看哪，她穿着白衣服，很漂亮。她在微笑。"

汉娜将她看到东西归结于一个孤独小姑娘的胡思乱想。她没对任何人说起。为了让娜奥米换换心情，她给她报了一个课后歌唱班。另一次，她们刚从歌唱班出来，正走在街上，娜奥米说天上有很多鸟，在空中绕大圈盘旋，它们不叫，只能听到它们的羽毛在风中的声音。然而，在明净的天空中什么也没有，连只燕子、连架飞机都没有。于是，汉娜明白，娜奥米是个与众不同的孩子，她拥有看见隐形事物的能力。既然她有这个能力，老汉娜想，她应该认识神。她将娜奥米带到位于城市高地附近的邦文沙寺庙。那是初冬一个阳光明媚的日子，树木都泛着锈红色，出租车将她们送到寺庙门口，她们开始行走在甬道上。汉娜在圣像前叩拜了几次，娜奥米也学着她的样子做。她们一同点了香，插入盛满了白土的陶制大香炉里。然后她们便离开了，步行沿着公路走到公车站，好返回她们在东大门的住所。"你在庙里都看见了什么？"汉娜晚些时候问她——她想象娜奥米得到了神的祝福，应该得到感化，欣喜若狂。然而娜奥米只是抱怨脚疼。也许这不是她的神明，汉娜想。也许她天生是个基督徒，毕竟我对她的家庭一无所知。于是汉娜将她带到了明洞的教堂，那是坐落在闹市区的一座宏大砖楼，周围有众多电影院、披萨店和咖啡厅。然而娜奥米丝毫没有表现出更多的热情。她甚至抱怨道：

"这里真黑！"她说，"这些人怎么都愁眉苦脸的呀？"

老汉娜很困惑。"如果娜奥米既不属于佛教，也不属于基督教，那她属于什么教呢？"一个星期六，学校没有课，汉娜准备带娜奥米出游。她们前往城市的另一头，牛耳洞街区公车总站周围的小巷里。在一座类似车库的房子里，一个长得有点儿像男人的高大女人正在马刀上跳舞。她身穿好几条裙子，在不停旋转中一件接一件地脱掉。她的脚上穿着红白相间的美式大篮球鞋，手腕上的一摞铜镯相互撞击着。在场的几个家庭已经敬献了供品（酒、水果、香烟、放在半开白信封里的钱）。汉娜也拿出了一点儿钱，她想介绍自己的女儿，好让她能够获得那位女士的祝福。然而，娜奥米躲在后面，不想上前见人，还用汉娜的裙子挡住自己的脸。

"别怕，过来，把你的信封给她！"

但娜奥米拒绝靠近，她的小手将信封攥得皱巴巴，紧握着不放。那个女人继续自转，她每转一圈都看一眼娜奥米，目光中带着愤怒，或者嘲讽，她的嘴里大声说着费解的词语，声音一会儿低沉，一会儿尖利，还不时敲击着一面小鼓。在她周围，她扔在地上的裙子在荧光管灯的照耀下组成各种神奇的形状。而后，汉娜发现娜奥米的态度干扰了当前的仪式，这些家庭都是为了得到祝福、让他们的儿子能够顺利通过高考才来的，他们斜眼看着她们，这样下去一切都要被她们搞砸了。她们低着头逃了出来，在返回东都的地铁上，在小女孩阴沉的眼神下老汉娜感到很内疚。"我们去看这个凶恶的女人干吗？"娜奥米后来问道。汉娜不知如何回答。

正是在这个时期，娜奥米开始说起龙。

我暂停了片刻，莎乐美用茫然出神的声音说："我属龙的，你知道吗？"

她从没提起过她的年纪，但我快速计算了一下：

"也就是说你是一九七七年生的。"

莎乐美："一九七七年二月一日。"

那么她三十九岁，如果用韩国人的方式计算，就将近四十岁了。我第一次鼓起勇气向她提出了这个问题：

"为什么你父母给你取名叫莎乐美？那是个贱人的名字，不是吗？"我用了英语"bitch"这个词，因为这个词用在这个人物①上很贴切。

莎乐美顿时恼了，立刻答道："不，这个名字是我自己取的，因为我最想要成为的就是个会跳舞的女人！莎乐美，她舞跳得很好，于是男人们都怨恨她，除了她的叔叔，但其实那些怨恨她的人都嫉妒她的名望，就像小娜比一样，人们不希望她们幸福，他们诅咒会跳舞的女孩，终于有一天，她砍掉了他们的头！"好极端的方法。

莎乐美仍旧若有所思。下午已过大半，秋日的阳光染上了她家楼下大街边银杏树叶的颜色。我想她希望听到的是一个色彩斑斓的故事，一个有着树木和高山的故事，为的是能够逃离她一成不变的公寓，为的是能够呼吸。

娜奥米养成了向天上看的习惯，她只对这件事感兴趣。

---

① 莎乐美（法语：Salomé）是公元一世纪的一位犹太公主。她首先嫁给了自己的叔叔菲利普二世，然后嫁给了小亚美尼亚国王阿里斯托布卢斯。据《圣经·新约》记载，她曾在希律王的生日时在众人面前跳舞，使希律王欢喜，起誓满足她的要求。她在母亲的指使下要求得到圣约翰的头。希律王便让人将监狱中施洗约翰的头砍下，放在盘子里，拿给了莎乐美。

每天,她拉起老汉娜的手,她们出门上街,朝运河走去,远离高楼大厦。她望着那些云。

"你看见什么了,娜奥米?"汉娜问道。

"我看见的东西一动不动,"娜奥米说,"好像两条盘起来的大蛇,它们在等待。"

"它们在等什么?"汉娜又问道。

"等那个属于它们的日子。"娜奥米回答道,汉娜自问这个日子、这个时刻意味着什么。

因为娜奥米总是在楼宇间或者在她们走向三一桥边时朝天空看,即使努力把眼睛眯成一条缝她也什么都看不见。一个周日,她们乘地铁蓝色线到忠武路,如此便能上山。松林里依旧回响着蝉鸣,还有一种奇特的叫声,一种更加尖细的鸟叫。娜奥米紧紧握住汉娜的手。"我在这里可以看见那两条龙,"她说道,"它们不喜欢城市的噪音,人多车多的时候它们就会躲起来。"她们一直走到通往山顶的公路,这里距离电车很远。她们在一条石凳上坐下,汉娜给娜奥米读了介绍尹东柱①的碑文。她朗诵了诗人的诗句,但或许她是背诵

---

① 尹东柱(1917—1945年),独立运动家,著名诗人。他生于中国吉林省龙井市明东村的一个教师家庭。1943年3月,他被日本警方逮捕,以参与反日民族独立运动为由判处有期徒刑2年。在狱中,他受到残酷迫害。1945年2月16日,尹东柱在福冈刑务所因病逝世,年仅27岁。尹东柱一生共发表117篇诗和散文。

的，以此纪念令她爷爷死去的那场战争。

    一颗星是回忆
    一颗星是爱恋
    一颗星是孤寂
    一颗星是憧憬
    一颗星是诗歌
    一颗星是妈妈，妈妈。[①]

  娜奥米专心听着，接着她说："我喜欢关于星星的诗。"

---

① 节选自尹东柱的诗《数星星的夜》。

这天以后,娜奥米常提起这两条龙。她不说它们什么样子,也不说它们从哪儿来。她只说一些奇怪的东西,比如:"等到两条龙醒来的那天……"或者:"到时候,它们会重逢。"因为她还小,老汉娜想她应该是在想象,于是给她买了一些跟龙有关的绘本。有一天汉娜还给她讲了一个她小时候听到的关于海龙的故事:"很早以前,在高丽南部一个叫做木浦的小镇附近住着一个老农妇。她孤身一人,因为她的丈夫和两个儿子都在战争中死去了。她靠每天去木浦集市贩卖自制的年糕过活。有这么一天,走在通往小镇的路上,她遇到了一只老虎。老虎肚子正饿,便追上去要吃她,但老妇人扔了一块年糕就跑开了。然而,她跑得不太快,感觉老虎尾随其后她便又扔了第二块年糕,接着第三块、第四块,但每次老虎一口吞下年糕后就立刻紧跟上来。这时,老农妇跑到了一个海滩上。她的年糕都扔完了,于是她向海龙求救:'伟大的海龙,'她喊道,'救救我,求求你,别让这头野兽把我吃掉吧！'她这话刚喊出，海面就打开了，海龙出现了。它对农妇说：'跟我一起渡海，到了对岸老虎便抓不到你了。'就这样，海龙挡住海水，让老妇人穿了过去，到了另一侧的岛屿，如此她便得救了。"娜奥米问："这条海龙是什么样子的？给我讲讲。"但汉娜不知如何作答。她只是像娜奥米那样说道："它是条龙，就像你看见的龙一样。除了这个农妇别人都没见过，但它的确存在，它睡在海里。"

娜奥米没有问其他问题。她知道天上住着两条龙。她看不见它们，但能感觉到它们的存在，就像夏季的习习暖风，或者像卷起金色银杏叶的旋风。"等到那个时刻，它们将会重逢，如同两个在出生时被分开的孪生兄弟一样。"坐在尹东柱石碑前的石凳上，她将头后仰，"写出这些诗的那个人见过它们，我敢肯定。"老汉娜也毫不怀疑。她说："有战争或是灾难的时候总是这样，两条龙在睡梦中移动，当它们苏醒时，就是最后审判的日子。"她觉得自己把所有东西都混在一起了，《圣经》、佛祖的话语，甚至还有她奶奶在战争结束时给她讲的那些离奇荒谬的故事。

我又看见"追踪者"了。

事实上,我猜他从没真正放弃。这是个专业的,不是几滴雨就能让他泄气。我低估他了。我是在地铁里认出他的。他不太像之前,当我还住在艾尔索蒂多时见到的样子。他这次看上去更高,穿着一件优雅的西装,脚上是一双时髦且有点儿过尖的黑色皮鞋。夏天他戴着的那顶可笑的黑色毛线帽已经不见了,一顶蓝灰色小礼帽取而代之,就像那些去看赛马或出没于蚕室区大酒店高级咖啡厅的人戴的一样。

而且,我再次看见他正是在蚕室区。我当时正要前往一栋写字楼赴约,好为一家公司做英语翻译。他们是保险公司还是经纪人公司,我不确定,我在jobkorea网站上回复了招聘启事。他们提出的工资很得体,而且当时正值大学期末考试前夕,所以"贱人"复课了,也就不需要我了。我已经两个月没去看莎乐美了,我真的很需要这笔钱付房租。在蚕室见面的时间定在晚上九点,这个街区所有写字楼雇员都已离去,那栋摩天楼就像条明亮的巨轮,但空无一人。在地铁的窗玻璃上,我认出了他。他在我身后隔着几排人的地方正盯着我看。我猜我最先认出的是他的目光,这目光按压在我的后背、脖颈以下的位置上。我感到仿佛有冷水顺着我的脊椎流下。但毕竟我在地铁里,周围到处都是人,每一站都有人上下车。当听到广播提示即将到达我要下的站时,我决定先原地不动,等到最后一刻,门快关闭时再下车。这个情节我是从电影里看到的,觉得是个好办法。而后,我快速走在地铁通道里,朝距离那家公司大楼最近的四号出口行进。在纷乱嘈杂中,我依然能听到"追踪者"在我身后的脚步声,在远处,他以与我相同的步调行进,他新鞋的塑胶鞋跟在通道里回响,就跟在电影里一模一样。我感到我的心急速跳动,尽管通道里刮着冷风我却在出汗。快到通道尽头时,四下里不见人影,我孤身一人,听着那敲打在地面的脚步声。我试着思考:如果我开始奔跑,他会比我跑得更快,而我给他传达的信息是我知道他在跟踪我,而且我害怕他、任由他摆布。如果我藏起来,比如躲进那家卖雨伞和皮带的商店里,他将察觉到我在哪儿,守在那里等我出来,因为我不可能永远待在一家只有三平米的商店、听着一个老太太问我说:"你到底要买什么呀?"我四下寻觅一个穿制服的,一个警察、地铁职员、甚至军人,好向他求助,但总是在你需要的时候找不到他们的踪影。况且，如果那个人有帮凶呢？如果警察是假扮的，并趁机抓住我的手腕、威胁我呢？我想到打电话，但一时想不出该打给谁。我实在孤立无援。我甚至有一秒钟想到了莎乐美，我好傻，一个可怜的残疾人能帮我做什么呢？我想到她只是为了这个故事，就好像故事的结局可以比现实更加重要。她会说："那后来呢？"

而我将会找到那个可以解释一切、让人安心的故事结局，那个最终让我摆脱困境、绝处逢生的妙计。奇怪的是，这个念头治好了我的恐惧。既然我可以想象一个结局，既然我可以看见自己正在奔跑，听见这个穿着黑色漆亮大皮鞋、头上扣着他的小牛仔帽的男人机械的脚步声，那么我就是掌控局面的人，这一局面可以转变，可以停止，可以融化，仿佛睡梦留下的一个固执的影像在黎明的晨曦中分分秒秒消逝无踪。事实就是这样，我正在经历一场梦。我是梦中的人物，同时我看见自己在活动，行走，摆臂，将自己的斜挎包紧紧夹在胯部，微微扭头试着从一面橱窗里搜寻"追踪者"的身影，数着他的步子"一二，一二，一二"，我加快步伐为的是听到"一二，一二三"，就像有些孩子为了走得更快三步并作两步，想到自己的这个念头，我甚至微微笑起来。走到四号出口时我犹豫了一下。如果我去六号出口，再横穿马路呢？我将可以在汽车间穿梭，利用蚕室区晚间车流的混乱逃走。然而，这是无济于事的。如果不是今天，则会是明天，后天。毕竟，我已经逃到了最远的地方，从城市一头搬到了另一头，直到梧柳洞，而这并没起到任何作用。我确信他跟踪我一直跟到了梧柳洞，他从布鲁克林大桥下方穿过，在猪肉餐馆前，他看见我走进了大楼，他站在楼下的便道上，直到灯光点亮了我房间的窗子。他满意地点了一支烟，一动不动地将它吸完。而我，还一直以为自己已经远离这一切，已经切断了通路，已经逃脱了。

恐惧过后，我想我现在感到的是气愤。这气愤令我的心剧烈跳动，令我胸腔鼓胀。我怎么会这么天真？难道我对生活一无所知吗？难道我经历了如此种种，我表妹的恶毒、我大姑的蔑视、孤独，还有穷困——饿了只吃一点干饭和馊了的泡菜，渴了只喝温热的自来水——只为某天变成一头猛兽的猎物，被切成碎块、装进一只黑色塑料袋里、扎紧后被丢进汉江里吗？这些想法在我大脑中碰撞时，我爬上通往街道的楼梯，然后走在便道上的行人中，朝那栋仿佛停靠在港湾的轮船一般明亮的大楼走去。

然后我忽然发现"追踪者"不再跟着我了。从停泊车子的后视镜、从商店的橱窗玻璃里，我看不到他的身影了。我听不见任何脚步声，因为此时大街上的吵闹喧哗达到了顶峰，车辆的马达，冲到路中央的公交车刺耳的鼾声，酒吧、手机或化妆品店铺的音乐，高音喇叭，站在门口吹牛的妇人和骗子。某一刻，一个女人穿过一条小巷朝我走来，她穿着一条白色连衣裙，就像护士的工作服，或者也许那是一条新娘婚服，她看上去很年轻，但走近了我发现她有着一张被侵蚀、布满皱纹的脸，灰色的头发在毛线帽子下交缠在一起，还戴着口罩。当她走到我的面前，她大喊着什么，我没听懂，便往旁边闪身给她让路，她看着我重复道：艾滋病！艾滋病！路人都躲着她，仿佛她染了瘟疫一般。

我转过身，不是为目送她离去，而是借此机会我得以确认"追踪者"的确消失了，我停下脚步平复呼吸，同时想道：如果我搞错了呢？或者：也许他碰到警察了，害怕我会报警？又或者：今天还不到时候。就像天上那两条龙，他也在等待对他合适的日子。只有时候到了，他才会出现。但会是什么时候？他什么时候决定到日子了？为什么是明天而不是现在，为什么在这里，在蚕室，而不是在梧柳，或在莎乐美居住的大街？

大楼的入口就在我面前，只需几步我就能推动那扇旋转门。但我停了下来。我没有立刻意识到发生了什么，就看见一只手臂横在我的肩膀上将我困住，另一只手臂，像一根树干般粗壮。我叫不出声，动也动不了。我的腿在发抖，我的心急速跳动，我无法呼吸。他在这里，在我身后，将我挟持了。他的声音在我耳边说着什么，我听不懂。一些平静的词，一些低语的词。"别进去，别去，那是个陷阱，有人在里面等着要害你。"楼前没有人，大门另一侧也没有人。门厅很昏暗，透过茶色玻璃门看去，几盏顶灯有着四角星的形状。我看见电梯门，我本应去到那里，上到十二层，我的约见就在那里。这个声音在我耳边重复道："别进去，那是个圈套，你进去的话会有生命危险。"我终于挣脱了一只胳膊，从那个男人的怀里钻了出来，我将他推开。"你是谁？你要怎么样？"他松开手，向后退了两步，逆光中我看不清他的面部轮廓，我只能认出他那顶带方格子的小帽子和他的西装。他没有我之前以为的那么高、那么壮。我不知道他是不是在微笑，就像他以往爱做的那样。他带着烟味和酒味。这些气味让我安心。"你怎么知道的？"现在我不再害怕他了，他就是一个普通人。他的小帽子看上去滑稽可笑。"你是谁？你叫什么名字？"

他没有立刻回答，还是重复着之前的话："别进这栋楼，有人在等你，你可能会有很大的危险。"我不理会他的话。我喊道："你才是危险，你跟踪我几个月了，你是谁？"他做出理所应当的样子答道："跟踪你是我的工作，有人雇我保护你。"看到我不愿相信他，他用强调的语气又重复了那句话："楼里有人在等着你，他要害你，要杀死你。"现在，我在大门旁边。我再次朝那扇门看去，那空荡昏暗的大厅让我产生反感，我不想进去了。"是谁付钱给你？谁让你保护我？我不相信你。"接着，我明白了。唯一可能做这件事的人，唯一一个了解我的全部、有钱、有能力，还有这种想象力的人，是她，那个坐在轮椅上的残疾人，是她利用了弗雷德里克·朴，是她在城市另一头的黄色客厅里设计筹划了这一切。这是如此荒诞以至于我禁不住笑了起来，更确切地说是冷笑了起来。"好啊，既然如此，去向她汇报吧，告诉她发生的一切。去给她讲讲你的故事，你如何在地铁里跟踪我，你如何阻止我去赴约，你又如何救了我的命！"

我转过身，头也不回地离开了，在大道上朝蚕室方向走去，我当时没有意识到，自己正好经过了教堂的入口，两扇宽阔摆门的上方装有霓虹灯招牌，娜比就是在那里开始了自己的歌手生涯，那是很久以前的事了，我觉得那是在我刚刚到达首尔这个大城市的时候发生的，那时我常常到钟路那家书店的地下室翻阅日本侦探小说，还有中国女作家笛安写给全世界所有小城镇天真少女的小说。我在那里结识了弗雷德里克·朴。我想莎乐美雇用"追踪者"很可能是为了让我给她讲述被一个陌生人尾随所感到的恐惧。我还想，她永远也不会知道"妄想"杀人犯这个故事的结局了，原因就是她的守护天使阻止我进入杀人犯为我设下的陷阱。对她来说真是太可惜了！

经历了这些非同寻常的事件以后，我决定再次搬家。离开梧柳洞。现在，我不怕"追踪者"了。我不知道他是否还在继续他守护天使的工作，或许莎乐美已经将他解职了，因为一个被认出来的监视者没有任何价值。这就像个游戏，在接近我的同时，在向我提出危险警告的同时，他违反了规定。而后，我接到了朴先生、化名弗雷德里克的电话，他提出要见我。我们在安国站那边我们从前时常约会的拉瓦萨咖啡厅见了面。我就是在这个小街区找到了自己的新家，一栋小别墅二层的一间独立卧室，房东是一位名叫露露的中国大婶，她与三只猫一起生活。当我从弘大下课回来，我会在咖啡厅点个卡布奇诺找个地方坐下，边等朴先生，边在一个带着白色纸页的小笔记本上写下我头脑中掠过的一切、歌词、诗句、甚至格言。我现在很喜欢记录自己的梦。朴先生时不时会给我提供莎乐美的近况——事实上，她不叫莎乐美，她叫金世莉，而朴先生对她如此赞誉有加令我怀疑二十年前，当他还是小学生时，他曾经是她的男友。这是我的想象，当然不能跟他提起这个话题。

"她的身体衰弱了很多，"弗雷德里克说，"她正一天天慢慢死去，她想要见你。而你却拒绝接收她的信息。"这关他什么事？我用嘲讽的口气说："你成了她的信使了？"他耸耸肩："别这么恶毒，这不像你。"他怎么知道？首先人不是生而恶毒，而是日后变恶毒的。这是我在笔记本上写下的一条格言。

我决定拒不理睬，不让自己再次落入别人的圈套。所有人，他们都想要从我这里得到什么，他们都惦记着我。搬家之前，我每天都遭到我大姑的电话骚扰。我那甜美可人的表妹白花离家出走了！一家人急得像热锅上的蚂蚁！我必须得做点儿什么，他们为她的生命，或者更糟，为她的德行担忧！好像在这方面她还有什么可以失去的！一开始，我打了我大姑的电话，跟她解释我完全不知道这个女孩的所作所为，跟谁交往，在什么地方。然而，这不是个正确的回答。我大姑对我破口大骂，说我自私、骗人、占便宜。她和她女儿为我做了那么多，是她们在我从我的小镇来到这里时收留了我，我当时在首尔人生地不熟，我这个全罗道鱼贩的女儿，只会给鳕鱼刮鳞。我直接挂断了，没再接听其他电话。然后又是一系列短信，时而眼泪汪汪，时而威胁恐吓。我甚至害怕那个泼妇会有一天跑到我家来,乘地铁坐到梧柳洞,借着惯常的伎俩让人将钥匙交给她,侵入我的卧室,劈着腿、目光阴沉地坐在床上。为此,我开始寻找另外的住所,越远越好。

接着,她改变了策略。她让我妈妈答应她,会为白花的事给我打电话。我每个月跟我妈通一次话,话不多,只是相互通报一下当时的天气,工作情况,是否缺钱。我常想回到那边,回到全罗道,想到小村子和街道偶尔我会感到一丝心痛,街道如此寂寥,只有几条狗在争斗,还有每周六那些跌落在红薯地里的醉汉。然而,我思念大海,我喜欢趁着母亲与渔民谈带鱼和乌贼价钱时漫步在木浦的港口。我喜欢大海的气息,风的声音,远海渔船的灯光,仿佛吊在夜空一动不动的巨大动物。

"想想我们,乖女儿,"我母亲说,"那是你爸爸姐姐的独生女。她跟我们有血缘关系。你不能置之不理。"为了安慰她,我说我会帮忙。

"等考完试,我就有点儿时间了。"

我撒谎了。我知道为了白花我连根手指头都不会动一下。我大姑只要找个私家侦探就可以了,如果她愿意,我可以把我那位"追踪者"的地址给她。我忘了是我对母亲说了这话,她随后又跟大姑转述了,还是怎么回事,反正我们之间出现了巨大的裂痕,而我终于获得了平静。此后不久,我听说白花回了家。他父亲打了她一记耳光,她母亲训斥了她,然后他们便原谅了她,接着一切又重回正轨了。少年犯和失足少女就是这样被制造出来的。又是一句格言。

在这之后我才明白了我生命中所发生的事情;我从没真正想过,这一切有多么荒诞离奇,不可思议。我不知道这一切纯属偶然,还是我做的梦。当我重新思考这些事,我感觉好像一切都是安排好的,为了要完成这个故事,而我在某种程度上是传达高层——上天指令的信使,从此以后,我将永远不再是原来那个人了。接下来是我最后一个故事,我要趁一切尚不太晚讲给莎乐美。我创作这个故事的欲望来自她,为的是让她知道她是我生命中唯一重要的人,她对我的意义超过我的亲生父母,弗雷德里克更是永远无法企及,在首尔这座城市的所有街区、所有楼房、所有街道和公路、所有桥梁和地铁隧道,甚至它那曾目睹过在其两岸上演的所有战争、罪行、爱情的宽阔汉江中存在的千百万芸芸众生中唯一的那个。汉江黄绿色的河水一刻不停地向大海流去,混入肮脏的海水中,永不复还。

穿越彩虹桥
二〇一七年四月
于延世大学附属医院讲给莎乐美

这是一个真实的故事，我唯一一个真实的故事。我不是说我讲给莎乐美的其他故事，那些帮她减缓疼痛的故事，都是假的，但为了能让她喜欢我适当做了些调整，加了一些温柔的词，一些严酷的词，好让她明白在她不了解的这个世界所发生的事，这个生机勃勃，可以感觉到太阳的热、冬风的冷、雨和雪的世界。这个对她置之不理的残酷、自私的世界。这个她死去时不会怀念她的世界。

一个周日清晨，小娜奥米从母亲位于钟路一个住宅区的B栋塔楼第十二层的公寓下了楼。楼前的长形小花园边上种了一排树。在一棵树（一棵冬季也不落叶的玉兰）下的雪地上，娜奥米发现了一只棕色的小绒球，一动不动地在那里瑟瑟发抖，一只看上去像是睡着了的小鸟。当她靠近，鸟张开嘴叫道:"喳喳!"娜奥米蹲下盯着它看,问道:"嘿,你怎么了?迷路了?"它以同样的尖声喊叫答道:"喳喳!"同时呼扇翅膀,抖动颈部的羽毛,羽毛顿时变得乱蓬蓬的。娜奥米静静地停留片刻,当她想要离去时,小鸟起身跟随她,趁机钻到了她的两脚之间。它抬起头,摆动翅膀,依旧叫道:"喳!"意思是:"带上我吧!"娜奥米想,若将它留在那儿,必定给街区那些猫当点心了。于是,她用双手将它捧起,它也听之任之,小爪子将娜奥米的手指当成枝桠紧紧攫住,指甲陷进她的皮肤里。娜奥米回到楼上的公寓,母亲不在,她不知该将它放在哪里才好,便在盥洗池里放了一条毛巾,将它放在了毛巾上。她给它倒了点儿水喝,先是盛放在漱口杯里,但它不知怎么才能喝到,接着娜奥米用手捧了水喂给它,它便急着将水喝了个精光,它从树上跌落、没吃没喝应该有一段时间了。在公寓的温暖中,它似乎多了几分生气,抖抖羽毛,扇扇翅膀,娜奥米发现它翅膀上有着色彩明艳的羽毛,一种亮蓝色,外加几片黑色羽毛镶边。它一定是娜奥米所见过的最美的东西。她等待老汉娜回到家,看到鸟时老汉娜大声嚷道:"松鸦,你的鸟是一只高山松鸦,我们叫它Uh-tchi。"于是,娜奥米便给它取了这个名字:奥杰[①],就像个爱尔兰名字。汉娜说它很可能会死掉,因为从巢里掉落的

[①] 原文为 O'Jay。

幼鸟没有鸟妈妈喂食。"那奥杰，它吃什么呢？"汉娜说它什么都吃，尤其喜欢昆虫和森林里树上的毛毛虫。幸好老汉娜是个在海边长大的女人，她很了解该去哪里找钓鱼用的蛆虫。她带着娜奥米来到火车站附近的南大门市场，因为那里的一些小店铺向去钓鱼的人出售饵料，她们从那里买回一口袋蛆虫。娜奥米用木筷子给奥杰喂食第一餐，她将蛆虫送到它的喙前，它便啄住吞下。接着它满意地摆摆尾巴，又再次将嘴张得大大的，同时发出它那尖细的叫声"喳！"，好再求得一条蛆虫。随后的一个星期对娜奥米和老汉娜来说满是欣喜。她俩轮流给奥杰喂食，她们跟它说话，为它清理粪便。娜奥米发现奥杰喜欢在纸上排便，于是老汉娜去找了一些旧报纸和二手书。一开始，她试着让奥杰在笼子里睡觉，但它不肯，只要一将它关起来，它便发出最为凄惨的"喳！"，于是娜奥米将它捧在手里。它从此跟她形影不离。她走到哪里，奥杰也跟到哪里，甚至去浴室和厕所也是如此。汉娜解释道："你是它从鸟巢跌落后见到的第一个人，它便以为你是它的妈妈。"

汉娜每次出门上班，都将奥杰放在从花园里折来、又用胶布粘在盥洗池上的一枝树杈上。当娜奥米放学回到家，她总是心潮澎湃地跑进公寓，奥杰尖叫着迎接她的到来，好告诉她："妈妈，我饿！"同时扇动它那明艳的蓝色翅膀。娜奥米拿蛆虫喂给它吃，用手捧水喂给它喝，然后在地板上躺下，将奥杰放在自己胸口上温暖它。"听听我的心跳。"她说。她知道小宝宝最喜欢听的就是妈妈的心跳，既然奥杰将她当做自己的妈妈，它也需要这样的安慰。

医院病房与她的公寓完全相反，一切都是白色的，窗户是一块刺眼的方形光源，塑料百叶窗无法过滤淡化。莎乐美平躺在床上，上身被装在一根泵动排气的铁管子里。我只能看见她干细的双腿、双脚、胳膊和消瘦的脸。她眼睛周围的皮肤是灰色的，头发用卡子卡在后面。然而，她依旧保持着罗塞蒂《燕子妹妹》里那张匀称的面容。头向后仰，闭着眼睛，因疾病而变得细薄的嘴唇带着某种苍白的微笑，她看上去又像约翰·艾佛莱特·米莱描绘的《奥菲莉亚》。我十二岁时非常喜欢这幅画，曾将它挂在全罗道我的卧室的墙上。当我开始说起娜奥米，她的眼皮抖动了几下，因为她想要向我示意，告诉我她在倾听，她一直在等着我。弗雷德里克之前对我说："如果你现在不去，只怕就赶不上了。"真正让我作出决定的不是这句话，而是我小时候曾收留的这只鸟的回忆，这渐渐淡忘的回忆。我想要与莎乐美分享这只鸟，不是因为在我眼中她就像这只我照料到最后一刻的动物一般珍爱，而是它的故事是所有生者共同的故事。那是生命中最为神秘的故事，如同诞生的时刻一般。

娜奥米在这几个星期与奥杰经历了一个爱的故事。她每次放学回到家都急匆匆跑到浴室,而蓝色的小鸟用它短促的叫声迎接她,这叫声不止意味着:"妈妈,我饿!"它也在表达长时间在黑暗的小房间孤独等待后再次见到她时所感到的喜悦。娜奥米捧起它,将它放在自己的肩膀上,奥杰在她的耳朵里温柔地啄着,轻咬她的头发。然后开始喂食环节,娜奥米用筷子夹着面虫或蛆虫送到奥杰嘴边,为了让它张开嘴,她就像所有的妈妈将一勺饭送到自己孩子面前时会说:"啊,啊!"然而,有件事不对劲,娜奥米清楚地意识到,奥杰喙下有一个白色的小球。她将此事告诉汉娜,她们决定带奥杰去首尔大学,因为那里有一个野生动物诊所。汉娜是通过她在诊所保洁部工作的朋友玉美得到的预约。诊断结果是残酷的。奥杰染上了一种对野生鸟类致命的病毒,这种病毒使它们的喙部变形并阻塞气管,它必死无疑,兽医建议立即对它实施安乐死,让它免于痛苦,并防止其他野生鸟被传染。娜奥米流着泪回到家,她无法接受这死刑判决,尽管她母亲用理性的话劝道:"你必须接受,娜奥米,对它,对你,这是唯一的办法,你不能阻止必然要发生的事。"但她现在怎么能丢弃奥杰呢?它如此爱她,全心全意地信任她,到哪里都跟着她,它饭吃得这么好,饭后会唱着歌、展开翅膀向她显示自己蓝色的羽毛。尽管从未尝试过,娜奥米现在将开始祈祷,她将乞求自己在梦里见到的所有神明、所有圣徒,求他们救救可怜的奥杰，让它能够康复。从这天起，奥杰生活中的每个时刻都是从命运窃取的，每天每小时都是在与疾病的抗争中赢得的，每一口饭都多给它一点力量，娜奥米的每下心跳都带动它胸膛里的心脏跳动，当她将它捧在手中，可以透过绒毛感觉到这颗小心脏。为了帮它排解痛苦，娜奥米买了一张录有各种鸟鸣的CD，放在她母亲的电脑里播放。她在网上搜索高山松鸦的录音，让奥杰听。它睁大了眼睛，看上去很喜欢这歌声。然后在夜晚，临睡前，娜奥米将它安置在它的树枝上，这树枝就在娜奥米的床边，为的是能够听到它的声音，万一发生什么她可以及时作出反应。夜里，她睡不着，她想象奥杰如果能活下去将能体验的东西，天空中风的味道，它下方稻田绿油油的地毯，高山与树林，当它像娜奥米教给它的那样在树皮中搜寻虫子时松树在阳光下散发的气味。"不要死，拜托你，"娜奥米像祈祷般低语道，"世界上还有那么多美好的事物等着你去发现，既然你已经躲过了危险，既然我已经救了你，不要死！"

　　莎乐美听着我的故事，我知道她喜欢，因为偶尔她的眼皮会微微睁开，黑色眼睛中闪着泪光。她的医生是一位与莎乐美年龄相仿的女士，或许正因为此她对这个处于疾病晚期的女人感到同情，当我在床边的铁椅子里坐下时，她对我说："你知道，因为给她使用的止痛药，她似乎已经完全没有意识了。但请你跟她说说话，她能听见，即使你以为她睡着了，其实她能听见你说话。"每天来探望她的只有我，可能因为我没有工作，各科考试也结束了。我没通过考试，怕是浪费了一年的时间，我有可能已经没钱继续学业了，所以要回到那边，南方，远离首尔，帮母亲操持生意。朴先生，弗雷德里克（既然他如此喜爱肖邦）对我说他即将前往美国，他被一所名牌大学录取了，大学的名字叫罗格斯（不知为什么，大家都念成罗克斯）。他没邀我去那边找他，无论如何，我真的会跟他走、让自己也变成个"贱人"吗？莎乐美身处事外。她在一座岛上，远离喧嚣和风暴，我的声音是唯一牵住她的那根线。

奥杰日渐虚弱。开始时娜奥米只要将筷子举过来就冲向食物的它，现在却掉转头去。它不时发出它的鸣叫，它尖细的"喳！"，但娜奥米听得出它的呼唤已经不再有旧日的欢快，有的是类似愤怒和恐惧的东西，一个没有回答的提问。为了让它散散心，她将它放在肩上，一起在楼下光秃秃小花园的树木之间散步。娜奥米想它或许能认出它出生的地方，想起它的妈妈、它的巢。但一出门奥杰就开始发抖，它闭上眼睛，紧靠着女孩的脖子缩成一团。世界对它太大了，天空太亮了，冷风吹透了它身上的绒毛，它已经没有力气抓住娜奥米给它递过来的树枝，或者它害怕女孩会将它遗弃在树上。做什么都无济于事，助理兽医努尼早就告诉她："你迟早得把它送来，让我们帮它死，它自己会要求你这样做，如果你爱它，你得帮它这个忙。"老汉娜什么也没说，她看着娜奥米将鸟紧紧抱在胸口，叹了口气。爱是一种考验，她想，因为她在将娜奥米带出孤儿院时也有相同的感觉，这是一个无法背叛的承诺，只要开始了就得进行到底。夜晚，娜奥米现在已经不再将奥杰放在用胶布固定在盥洗池的树枝上了。她将它放在自己的胸口（上面铺了一条布垫，让它可以排粪），直到它睡着。然后，为了不在睡梦中挤压到它，娜奥米轻轻将它放在它的树枝上。她听着它的呼吸，她从没想过一个这么小的动物会在呼吸时发出响声，时不时还发出一声短促的尖叫，仿佛在做梦，发出温柔的咝咝声。它每分钟的睡眠对娜奥米来说都是宝贵的。她也会睡着，但睡得很浅，净做些奇怪的梦。她梦见她从小见过的各种动物，有些温柔，有些则邪恶、吓人。她常常梦见首尔天空中的那两条龙，它们笼罩在城市和汉江之上，偶尔会缓慢移动，相互依附在一起。她梦见自己和奥杰一起飞了起来，穿越原野，翱翔在树林和稻田上，飞往海中的岛屿。

　　莎乐美也想活动。也许她后背皮肤上的褥疮让她难受，或者她感到腿部抽筋。我轻轻地给她按摩，就像我给奶奶按摩时学会的那样。我按压她硬化的筋腱、她的肌肉，我用手指缓慢地将血液和淋巴液向上挤。呼吸机发出海浪在海滩卵石上回流时发出的声音，心电图监视器则放出尖细的哨音。护士就该来了，她面色苍白，护士帽下黑色长发挽成发髻，她将针插入连接着莎乐美右手静脉的管子中，送出消除疼痛的云状液体。"她现在要睡觉了，一直睡到明早。"她关上百叶窗的叶片，整间病房半明半暗，但楼道在荧光管灯的照耀下依然明亮。我起身，无声无息地朝房门走去。

这天夜里，娜奥米被一个声音惊醒了，旋即从床上爬起来，她看见奥杰从它的树杈上掉落下来。它睡在盥洗池里的白色毛巾上。侧身躺着，抖动着的羽毛表明它还活着。娜奥米将它轻轻捧起，贴着自己的心脏抱着它，对它低声说着温柔的话。但奥杰依旧一动不动，头向侧面垂着，闭着眼。这时，娜奥米想起学校里上的急救课，便向它半开的喙里吹气，好让它恢复呼吸。"醒醒，奥杰，求求你！"过了一会儿，奥杰醒了过来，它眼睛半睁看着娜奥米，但目光空洞茫然。她感到它在发抖，它想要再次展开翅膀，展示那湛蓝的羽毛，好让娜奥米高兴。它叫了两声，它的"喳，喳"，它本想发出欢快的叫声，无奈却是痛苦的哀鸣，因为尽管它徒劳无功地想要挽留，生命却正从它的体内抽离。"奥杰……奥杰……"娜奥米低语道。她再次朝它的口中吹气，透过绒毛为它按摩心脏。小鸟挺直了一下身体，头向后仰，仿佛它试图起飞，翅膀在娜奥米的手中展开。它死了。

莎乐美现在听不到了。从昨天起她陷入了昏迷。呼吸机继续着它大海的回响，吸入——呼出，它那残酷的声音。当生命离开她身体的时候，她没有叫喊，也没有一声低语。她只是在瞬间变得极白。我试着让她活过来。我仍按摩她的双腿和胳膊，往她嘴唇上吹气。但她已经走远了，走上了彩虹桥，就像奥杰一样。她的尸身仍躺在医院的病床上，胸部固定着呼吸机，手腕连接着将忘却的乳白色液体送入她静脉的管子。我以为她的死不会让我难过，相反只会让我感到解脱，因为我摆脱了她的控制，她的恶意。接着我的仇恨戛然而止，就像在全罗道的时候我父亲将刚刚打到的章鱼翻转过来。莎乐美是首尔——这座人与人永不相逢的城市里唯一曾经真正关心过我的人。她想要让我为她而活，为她讲述外面的生活，她利用我但也保护了我。于是，在我不得不离她而去时，我眼中噙满了泪水。

娜奥米整夜都守在奥杰身旁。早上，她母亲还没醒，她就下楼来到花园里，徒手在玉兰树下挖了一个坑，将奥杰的尸身放了进去。它侧身躺着，头向后仰，就像它等待吃饭时的样子。她没在坟上种花，也没做祈祷。她不知该向谁祈祷。世界在沉睡，就连首尔天上的那两条龙也还在交缠而眠。她的泪水洒在地上。她从此将不再是原来的娜奥米，因为她知道了当整个身体、整个心灵都想要活下去时，死有多么难，得要叫喊、颤抖、挺直身体，灵魂才能向五彩缤纷的桥飞去。现在，她没有忘记它。每天去上学前或放学回来，她都会在这棵玉兰树前驻足，跟奥杰说说话，告诉它当天发生的事，她见到的可笑的事、悲伤的事，跟它聊此时的天气、阳光和风，还有含苞待放的花，甚至那些即将在树干的缝隙里扭动、仿佛在说"吃掉我们，吃掉我们"的小肉虫。偶尔，她听到空中有翅膀扇动的声音，听到尖细的叫声，她感到奥杰没有走远，它很快会回来的。

我是辰辉,我十九岁,我独自一人在首尔这座大城市里,在这天空下。我见过很多人,知道很多故事,有些故事是听别人讲的,有些则来自我的梦或我的生活。我没去参加莎乐美(原名金世莉)的葬礼。我觉得弗雷德里克·朴应该也没去。莎乐美的家人不喜欢他,他们说(是他自己在某一天渴望倾诉的时候告诉我的)他是只燕子,一种黑白相间、爱占便宜、能偷就偷的鸟。一个男妓。我觉得他们说得不全错,正如很多其他男人,这是一个攫取了他想要的便掉头离去的男人。

我走在首尔的天空下,云朵徐徐滚动着,江南上空下着雨,仁川一侧太阳点亮着一缕光环,北汉山在北面像个巨人般从雨中浮现。我孑然一身,我无拘无束,我的人生即将开始。

首尔—巴黎—首尔
二〇一七年四月至九月